スーパーカブ8

トネ・コーケン

JN105074

角川スニーカー文庫

23073

Super Cub
contents

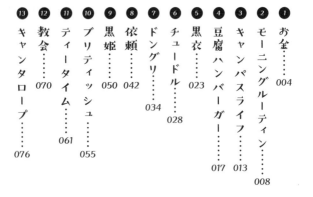

口絵・本文イラスト／博
口絵・本文デザイン／伸童舎

（1）お金

小熊《こぐま》はガレージに居た。

大学生活を始めるに当たって入居した町田市北部の木造平屋。その敷地内にあるカエル色のコンテナ。

小熊が知人の仲介でこの家を賃借することを選ぶ理由となった、盗難リスクの高いスーパーカブを安全に保管できるコンテナガレージの中は、少し広くなった。

コンテナの区分では二〇フィート、なんでもｍｍで表記する癖のある工学専攻の知人に言わせれば幅二三〇〇ｍｍ、奥行き六〇〇〇ｍｍの内部スペースは元々広大で、カブに加え整備工具や各種部品に作業机、それとは別にカブを眺めながらお茶など飲めるテーブルとチェアを置いても充分な余地があったが、自分の乗っているカブ90とは別に持っていた、高校時代に乗っていて事故で全損させたカブ50の部品取り車を最近レストアし人に譲ったことで、現在コンテナの中には軽自動車が一台置けるくらいの余剰スペースがある。

コンテナという構造上、夏や真冬には中での作業は困難だということは予想していたが、暦はまだ四月の半ば、晴天ながら前日の雨のせいか気化熱で土の温度は下がっていて、コンテナ内部は快適な温度が保たれていた。

作業灯で照らされたコンテナ内で、ちょっとしたカフェのようなテーブルでコーヒーを飲みながら、自らの稼ぎで揃《そろ》えたバイク趣味のツール類を眺めていた小熊の気持ちは、今日のような晴天から降り注ぐ燦々《さんさん》とした陽光とはやや縁遠いものだった。

現在の小熊に忍び寄るささやかな憂慮。

それは空から隕石《いんせき》が落ちてきたり地が割れるようなわかりやすい危機ではなく、雲のように曖昧、漠然としている。自分をうっすらと覆い、行動に目に見えない制約を与えるような存在。

お金が無い。

元々小熊はここに居を定めるにあたって、充分な資金を用意していた。

バイク便で稼いだ高給を散財することなく蓄え、一月に事故を起こした時も加害者のタクシー会社とほぼ独力で交渉し、充分な賠償を約束させた。

自らの身元を保証してくれる者の居ない天涯孤独の身、頼れる物は金しか無い。

その後、大学の女子寮入居の話をバイク禁止という理由で蹴ってまで理想的な住処《すみか》を探した小熊は、あまり交流を深めたくない高慢で独善的な人間、名前を覚えたくも無いので乗っているレクサスSUVの色からマルーンの女と呼んでいる大学准教授の差配で、このコンテナ付き木造平屋に入居することになった。

駅から適度に離れ、斎場と霊園に囲まれているという環境のためもあるのか家賃は廉価。支払いもクレジットカード決済の物件だったおかげで、転居費用は予想より安価に抑えられた。

世話になっていたバイク屋のトラックを借りて自力で引っ越しをして以来、さほど贅沢《ぜいたく》はしていなかった気がする。

出費といえば築五十年を超える木造平屋を人間の住める環境にするためのリノベーション費用くらいで、それは将来に繋《つな》がる必要経費。

大学の授業が始まってからも、光熱費や、基本的に自炊と安価な学食で済ませている食費は、給付を受けている奨学金で充分に間に合っている。

高校時代の学費を貸し付けていた育英団体への返済については、長期的な返済計画が提示されていて、月々の引き落としは苦になるものではない。

なんで今の自分には金が無いのか、小熊には全くわからない。コーヒーカップを手に立ち上がった小熊は、最近買ったボール盤とエアコンプレッサーに寄りかかりながら思った。

いつのまにか金が無くなった。

小熊に限らず、進学や就職で一人暮らしを始めた人間はみんなそう言う。

（2）モーニングルーティン

些細《ささい》な悩みを引きずらない性格に生まれついたのか、目覚めは快適だった。

和風の寝室で目覚めた小熊は、障子を開けて朝日を浴びながら布団を畳んだ。

きっと快眠が得られた理由の半分くらいは、引っ越しを機に新調した寝具と、緑茶由来の着色料で青い畳の風合いを復活させるスプレーで蘇《よみがえ》らせた畳のおかげかもしれないと思いながら、布団を押し入れに仕舞《しま》う。

万年床で暮らすほど怠惰な生活をする気は無い。そう思いながら小熊は高校時代から着ているベトナム雑貨の黒いパジャマを摘《つ》まんだ。

このくたびれた寝間着も東京の大学生っぽい物に買い替えたほうがいいのかもしれないと考えた小熊は、昨日自分を悩ませた金欠という、悩み未満の日常的現象を思い出し、とりあえず自制することにした。

屋外での農作業のため大型のスピーカーがついた豊作ラジオのスイッチを入れ、NHK－FMをかけた小熊は、バイエルの練習曲を聞きながらユニットバスで朝のシャワーを浴び、下着とカーキ色のデニムパンツ、ボタンダウンシャツを身に着けた。

帆布を自分で縫って作った巾着袋に、iPadとワイヤレスキーボード、マーブルチョコの紙筒のような形の無印アルミ製ペンケースとノートを入れる。

最初はルーズリーフファイルを持って行っていたが、高校ほど板書の多くない大学ではノートのほうが軽量で便利だった。大学ノートとはよくいったもの。


最初は鍵盤を押す練習から始まったバイエルが、中級の両手弾き練習曲になるのを聞きながら、陽当《ひあ》たりのいいキッチンで朝食を作る。

檜《ひのき》のバーカウンターテーブルに並べたのは、ハッシュと言われるジャガイモと共に炒《いた》めたコンビーフ、今時珍しいポップアップ式のトースターで焼いた四枚切りのトースト、バターとマーマレード、リンゴとトマト、ラージグラス一杯のスキムミルク。

バーのキッチン側からリビング側に回り、スツールに腰かけた小熊は、簡単に作った朝食をあっさり済ませる。食べさせる相手も居ない気楽な一人暮らし、凝った物を作るのは休日だけでいい。

たまに衝動的に朝から牛肉の唐辛子煮を添えたメキシカンピラフなど作ってしまうこともあるが。

朝食の洗い物を済ませた頃にはバイエルは中級編を終えつつあった。ピアノ入門者向けの平板で簡易な曲が流れている。普段は嫌いじゃないピアノ曲が少々耳に障る。

自分がピアノを習ったり教えたりしているんじゃなく、子供がピアノを習い始めた近所の家から、昼下がりに毎日聞こえてくるようなバイエル。

布団から体を起こしてシャワーを浴びて朝食を済ませ、今流れている楽曲のように代り映えしない朝を迎えたが、自分はまだ目覚めていない。

別にこれからスポーツの試合に行くわけでも、敵機を迎え討つべく出撃するわけでもない。一般教養の講義など、目が覚めていようが寝ていようが関係ないと思った小熊は、赤いスイングトップスタイルのライディングジャケットに腕を通し、巾着袋を持って玄関前に立つ。

バーカウンターを自作した時の端材で作ったシューズボックスからプロケッズの布製バスケットボールシューズを取り出した小熊は靴紐《くつひも》を結び、シューズボックスの上、普通の家なら季節の花を生けた花瓶などが置いてあるようなスペースに置かれていたヘルメットを被《かぶ》った。

同じくシューズボックスの上に置かれたステンレスのトレイからキーを掴《つか》む。鍵束を放り出すと音を発するトレイは、夕べ帰ってきた時にキーを指定位置に戻したか不安になった時、視覚のみならず聴覚に記憶させる事が出来る。

さほど多く靴を持ってないため、充分な余裕のあるシューズボックスから革グローブを取り出した。この空きを新しい靴で埋めたいと思う気持ちは、散財の黄色信号。

キーを手に玄関を出た小熊は、築五十年過ぎの木造平屋には不似合いな分厚い樫《かし》のドアを閉め、ディンプル型の鍵でツーロック施錠する。

隣接するコンテナの扉を開け、中から自分のスーパーカブを押し出す頃には、家から聞こえるバイエルは上級課程の曲を流し始めていた。

コンテナを閉じて外に出したカブをキック始動させた瞬間、いままで止まっていたかのような胸の鼓動が復活し、自分の体に血が通った気がした。

エンジンを暖機させながら各部の簡単な点検をする。安定したアイドリング音にバイエルの上級者向け楽曲が混ざる。

多くは親に習わされたピアノを途中で泣いて行くのをいやがることなく、研鑽《けんさん》を積み上位の技術を身に着けた人間だけが奏でる音。

このエンジン音も同じだと思った。日々のメンテナンスと、異常が発生したらすぐに察知することが可能な耳によって生み出された音。

とりあえず眠っていた体は今日の義務をこなす程度に目覚めてくれた。それに満足した小熊はヘルメットのストラップを締め、革グローブを付けてカブで走り出した。

非の打ちどころのない完全な朝から、小熊の一日が始まる。

数分後、ラジオをつけっぱなしにしたまま家を出たことに気づいた小熊は、慌てて家まで戻って来た。

（3）キャンパスライフ

山梨で高校生をしていた頃に比べ半分ほどの距離で勾配も緩い、カブのエンジンが暖まりきる前に到着してしまう通学路を走り、南大沢駅前の大学に到着した。

駐輪場にカブを駐《と》め、ワイヤーロックをかけた小熊は、自分のカブを眺めた。

通学は自転車にしたほうが健康にいいのかもしれない。環境とやらにも良いに違いない。

スーパーカブがモデルチェンジのたびに環境対策でパワーを落とし、燃費を悪化させた経緯を知る身としては、自然環境への配慮などバイクの敵だと思っていたが、大学生になると意識も変わる。

あまり世の中から後ろ指差されるようなことをしてはいけない。特に生活基盤が脆弱《ぜいじゃく》な現在の暮らしでは、何かあった時にざまあみろとか、そら見たことかなどと言われるような事は控えたほうがいい。控える事はあってもやめる気は無いが。

なんだか今朝は愉快でない考え事が多いなと思いながら、講義が行われる教室へと向かった。

朝のルーティンと通学以上に創意に乏しい数時間の講義を受けた後、小熊は大学構内の食堂へと向かった。

退屈な一般教養の講義を受けている間、つまらない考え事の正体が少し見えてきた気がする。

東京での大学生活が始まった少し後、とりあえず不自由の無い暮らしの中で、孤独を感じたこともあった。

あれは生活が落ち着き、退屈になってきた頃だった。今の自分が暇だというような短期的な退屈ではなく、これからも同じような時間が繰り返されるという未来が見えてきたと同時に、副作用のように湧いてきた感情。

今の安定した生活には何らかの変化が必要だ。そうでないと孤独などという暇人のくだらない悩みに自分のパフォーマンスを低下させられる。

何もかも捨てて旅にでも出るというのは少々ハードルが高いと思った小熊は、とりあえず出来ることからと思い、普段よく昼食の時間を過ごす共済食堂とは反対の方向に歩き出した。

昼休みの店内はやや混雑していた。

市の幹線道路となっている大学前の道路より落ち着いた雰囲気の裏通りに面した学食。

大学の人間からはカフェとかバーガー屋と呼ばれるカフェテリア学食は、壁と床にホワイトパインの無垢材《むくざい》が貼られた温かみのある内装だった。

セルフサービスを意味するカフェテリアの名に反し、セルフではなく店員が注文を取りに来るスタイルなので、小熊は店内を見回して空席を探した。

カウンターも四人掛けのテーブルも満席。仕方ないのでテイクアウトで何か買い、駐輪場で食べようかと思った。高校の時と同じように、何の代り映えも無く。

あるいは、小熊は一つだけあった空席を見ないふりしていたのかもしれない。

「やあ」

店の奥に並ぶ二人掛けのテーブル。通称カップル席と呼ばれる卓の一つに、経営学部の竹千代《たけちよ》が座っていた。

大学入学以来、小熊の主観では悪い意味での変化、危険な変容をもたらす、この大学で唯一係《かか》わりたくないと思った女。

踵《きびす》を返して店を出ようかと思った小熊は、結局店の最奥で壁を背にして座る竹千代のテーブルに向かった。

今はさしあたって変化の無い日々という危険から逃げなくてはならない。

あのイヤな女と一緒に居る限り、退屈とは無縁だろう。

（4）豆腐ハンバーガー

小熊が竹千代の許可を得ることもなく、黙って向かいの席に腰かけたタイミングに合わせるように、竹千代は視線だけでウェイトレスを呼んだ。

「私の友人に、これと同じものを」

竹千代の瞳に魅了されたのか堕落させられたのか、プリントドレスに落ち着いたデザインのエプロン姿のウェイトレスは息を弾ませながら頷《うなず》く。

竹千代が食べかけのハンバーガーが載った自分の皿を指しながら、律儀に小熊に向き直って確認をする。

「小熊君はクォーターパウンドを二つでいいかな？　パンは全粒粉で、サイドメニューと飲み物は」

小熊が頷いて了承を伝えると、ウェイトレスのほうに向き直った竹千代は、彼女の眼球を通して脳の中身を見るような目で言った。

「君に任せるよ」

頬《ほお》を上気させたウェイトレスは竹千代の向かいに座ることを許されたらしき、小汚いライディングウェアの女をうさんくさげに見てから立ち去った。

とりあえず一言も発しないのは礼節に欠けると思った小熊は、竹千代の前に置かれているバーガーの皿を指差して言った。

「それは？」

竹千代は白無地で肉厚な陶器の皿を一回しする。店内を一瞥《いちべつ》した時に気づいてもいたが、手作りのバーガーが自慢の学食に、紙や発泡スチロールの皿に盛られた食べ物は出てこない。

「豆腐バーガーさ」

竹千代は初対面の時も豆腐だけを主菜に麦飯を食べていた気がする。そんなに毎日豆腐ばかり食べる日々の繰り返しに嫌気が差さないのかと思った。

竹千代は小熊の気持ちを見透かしたように言う。

「豆腐は嫌いかい？」

小熊は少し考えてから答えた。

「豆腐は、嫌いじゃない」

豆腐バーガーと竹千代を交互に見ながら発した言葉の本意に、この女は気づいているんだろうかと小熊は思ったが、気づかない、あるいは気づかないふりをするような女なら最初からここには座っていない。

間もなく豆腐バーガーが届いた。付け合わせは他に誰も頼む人間が居ないらしき健康茶と、アルファルファという主に牛のエサとして栽培されている植物のスプラウトサラダ。ウェイトレスは伝票を小熊の目の前、竹千代からはグラスで死角となる位置に置いて立ち去る。どうやらこのバーガー学食ではスマイルが無料ではないらしい。

バーガーを作ったのはウェイトレスとは別のキッチン担当者らしく、想像よりもいい香りでイヤがらせの山盛りワサビも入れられていない様子。

厚さも大きさもそのままでは食べにくいボリュームなので、アメリカでホームメイドハンバーガーを食べる流儀に従って、添えられたナイフで真っ二つに切ってから食べた。ひとつ頷く。

小熊が今まで食べた豆腐ハンバーグは、どんなに肉っぽくしようとしても、味付けだけ違うガンモドキにしか思えなかったが、これは下味もテリヤキ味っぽいソースの味も、食感も良好だった。

竹千代お勧めの豆腐ハンバーガーは、肉や豆腐の出来損ないでもなく、豆腐ハンバーグという一つの独立した食材の味を追求したような味で、次に来た時も頼もうかと思わせるものだった。

日本やアメリカで過去に健康食として流行し、今はあまり食べている様を見かけないアルファルファも、カイワレやモヤシ等のスプラウト全般が好きな小熊にとっては悪くない味で、不意にこぼしても服が汚れないのもいい。

健康茶は、まぁ健康になる代償だと思えば普通に飲めるものだった。

小熊は自分のかぶりついているハンバーガー越しに、同じ物を手でちぎりながら楚々《そそ》と口に運んでいる竹千代を眺めた。官能的な口元に一瞬視線を奪われそうになるが、彼女の素性や人格を思い出し自重した。

小熊がこの大学に入学して間もなく係わることになった節約研究会、通称セッケンと呼ばれる謎のサークルと、その部長である竹千代。大学内外の不用品を拾い集めては売り飛ばすという活動を行っている彼女とは、一人暮らしに必要な物がある時のみ接触を試みるといった関係だが、得られた物が他にあるとすれば、人を見る目という奴《やつ》だろう。

不快な人間は早々に切り離さないといけないし、危険な人間とは近づくことすら避けなくてはならない。その二つの特性を併せもった好例が竹千代という女。

さして会話が弾むことなく互いに食事を進める。小熊にしてみれば飯を食う時間というものはそのほうがいい。

小熊は自分がこの女に何の価値を見いだしているのかを考えた。恐ろしく知恵が回り実行力に富み、小熊が思いつくようなことをいつも先に考え、行っている女性。それゆえ、人間という互いの優劣によってバランスを取る集団を形成しがちな、不完全な種の中では危うい存在。

二個のクォーターパウンドとアルファルファのサラダを食べきった小熊は、考えれば考えるほどどういう人間なのかわからなくなった竹千代に、自分が求めていることを素直に伝えた。

「金が欲しい」

およそ若者のほとんどが共有し、今も他の席で喋《しゃべ》っている大学生たちから二～三秒に一回は聞こえて来るような言葉に、いつのまにかバーガーとゴボウのサラダを食べ終えていた竹千代は何も言わず微笑《ほほえ》んだ。

竹千代の返答は、その場で発するような浮わついた言葉でないらしい。小熊は竹千代の顔を見た。

事態が自分の思う通りに進行していることに満足しているような表情。

これだから竹千代は危険だ。

こうだから小熊は竹千代の側《そば》にいる。

（5）黒衣

それまで優雅な食休みを楽しんでいるように見えた竹千代は、小熊が健康茶でハンバーガーとサラダにかけられた胡麻《ごま》ドレッシングの余韻を洗い流した頃に席を立った。

小熊は竹千代が食事中の相手に自分を待たせているという不必要なプレッシャーを与えないところは大したもんだと思った。そして相手に自分の時間を無駄にさせない行動も。

すぐに店員が擦り寄ってきて、使い捨ての食器が一つも使われていないトレイを片付けた。竹千代は満面の笑みを浮かべた店員に軽く手を挙げて応える。それから店員は当たり前のように竹千代の後ろをついていく小熊のことを上から下まで眺めまわし、軽く鼻を鳴らしてテーブルを拭いた。

ハンブルクか香港《ホンコン》あたりのホームメイド・ハンバーガーショップを模した店なら、こちらのほうがご当地流なんだろう。

小熊は余裕あるかのような微笑みを見せながら胸の前で店員に手を振ったが、彼女は一顧だにせずトレイを手に歩き去る。小熊は壁に架けられた、パブミラーと呼ばれるビールや清涼飲料水の宣伝用プリント印刷が施された鏡を覗《のぞ》き込みたくなった。

ここのところ新生活におけるリノベーション作業とカブの整備で忙しかったせいか、器量が少し落ちているのかもしれない。

この店員が竹千代の外面を随分気に入っていて、彼女と当たり前のように行動を共にする自分のことを怪しみ、訝《いぶか》しんでいることはわかっていた。

それはとんだ勘違いで、小熊としては竹千代のことを出来る限り一緒に居ることを避けたい相手だと思っている。

ただ、今さら「ついてきなさい」という言葉が必要な関係ではない。

小熊は大学構内をきびきびと歩く黒いワンピースドレス姿の竹千代に従った。学生や職員の竹千代を見る目には、憧憬と警戒が入り混じっている。

後ろを歩く小熊のことは空気か何かのように誰も見ていない。人から注目されないのはありがたいが、小熊は自分が目に見えない竹千代のベールを後ろから持っているような気分になった。

食後の運動にちょうどいい十分ほどのウォーキングの後、講堂を離れ人工的な森林を抜けた先に、二階建てのプレハブ棟があった。竹千代の根城である節約研究会の部室。

学食を出てから一言も発しなかった竹千代が振り向きざまに小熊に話しかける。

「一階から取ってくるものがあるから、悪いが二階の鍵を開けてくれないか」

漆黒の髪に青磁の肌。見返り美人とかいう奴だが、鑑賞して楽しむ美人ではなく、人の運命を変え、害をもたらす美人。

この顔をあまり見たくない。基本的に不快だがそれが少し変質したような、畏敬に似た感情を抱いた小熊は、言われた通り鉄製の階段を登った。

以前この部のビジネスを手伝った時、その報酬として部の共有財産であるリサイクル素材を好きに自分の物に出来るという権利を得ると同時に、いらないというのに押し付けられた鍵を使って部室の入り口を開錠し、壁の傷に隠された秘密のスイッチを押して引き戸を開ける。

無人らしき部室の照明を点《つ》け、靴紐《くつひも》を解《ほど》きながら和室仕立ての室内を見回していると、木箱を抱えた竹千代が階段を上がって来た。

靴を脱ぎシューズボックスの横に蹴りこんだ小熊は、後から入ってきた竹千代のために脇にどいた。竹千代が持っている箱は二つ。高校時代に同級生だった礼子《れいこ》なら、モーゼル拳銃を入れるのにちょうどいいと言いそうな、油彩の画材入れくらいの木箱と、宝石箱ほどの小ぶりな箱。

部室に入った竹千代は彼女には珍しい微《かす》かな困惑の表情を浮かべる。

「済まないが」

小熊はひとつ溜《た》め息《いき》をつき、小箱で手の塞がった竹千代の靴を脱がし、スリッパを用意した。

顔が映るほど磨き上げられた男物のウイングチップをシューズラックに仕舞《しま》いながら、なんで自分はこんな不名誉で屈辱的なことをさせられているのか、今すぐ竹千代が大事に抱えている金儲《かねもう》けの種らしき木箱を摑《つか》んで逃げようかと思った。

二つの箱のどちらを持っていくべきか。昔話に倣うなら小さな箱のほうが中身は高価。しかし竹千代は小熊の予想する範囲内の行動などしない。もしかして、中身より箱そのもののほうが高価なのかもしれない。

どちらにせよ両方頂戴すれば悩みや迷いは解決する。

あるいは、二つの箱を持っている人間ごと奪えば。


立ち上がった小熊は手を伸ばし、竹千代の背後にある引き戸を閉めた。上腕部に竹千代の髪が触れ、顔が近づく。竹千代はハンバーガーを食べた直後の口臭を恥じるように顔をそむけたが、少なくとも嗅覚がまだ都会に染まっていない小熊には、不快な臭いは感じ取れない。

戸を閉めた右腕を撫《な》でている小熊に、竹千代は軽く頭を下げて部室の隅へと歩き出した。

まずはこの女が木箱の中に隠した秘密を見てから、どうするかを決めるのはその後でも構わないと思った。

(6) チュードル

十二畳ほどの和室の奥には、キッチンやトイレと並ぶように小部屋があった。

竹千代は小部屋のドアを開け、電灯を点ける。

業務用LED灯が天井に備えられている和室とは光の波長が異なる、白熱灯で照らされた三畳ほどの部屋は、細かい作業をする場所らしい。

小熊もこの部屋の存在は以前から知っていて内部も見たことはあった。部屋の三分の一近くを占める分厚い樫材《かしざい》の作業机を囲うように、三方の壁が工具で埋め尽くされている。


カブに乗り続けた経験から工作器具については多少わかる小熊が見た限り、工具や治具、あるいは薬剤はいずれも特殊性の高いものばかり。宝飾品の専用工具や写真現像の器具、歯科の技工機材までもが並んでいる。

白熱灯と木の机。竹千代は、方眼が印刷されたフォームラバーのデスクマットが敷かれ、散らかりや汚れなど微塵《みじん》も見られないデスクに二つの木箱を置く。音楽室を思わせる吸音ボードの壁が柔らかく温かみを与える部屋に少々不似合いな、正規購入すれば二十万円は下らないハーマンのチェアに落ち着いた。

小熊が椅子の背後にある狭いスペースに突っ立って後ろから眺める中、竹千代は小さな箱を慎重に開けた。

中身は腕時計だった。チュードルのステンレス製ダイバーズウォッチ。文字盤には薔薇《ばら》のグラフィックがあしらわれている。


竹千代はもう一つの大きな木箱を開けた。中身は時計修理用の工具。デスクの隅、手の邪魔にはならないが手を伸ばせばすぐ届く位置に工具箱を置いた竹千代は、腕時計を自分の目の前に置き、キズ見と呼ばれる眼窩《がんか》に装着するルーペを付けた後、腕時計の分解を始める。

肉眼では見えない患部を顕微鏡を見ながら手術する、外科医と同じ領域の作業。医者や技術者というより芸術家を思わせる手つき。小熊は自分がカブを整備する時の段取りに似ていなくもないと思った。

小熊はなぜか呑《の》むように止まっていた息を一旦吸い、それから竹千代に話しかけた。

「それが今日の金儲けという訳？」

部室に入って以来一言も喋《しゃべ》らなかった竹千代が口を開いた。

「ああ」

寡黙な竹千代に、普段の饒舌《じょうぜつ》な彼女とは別の顔を見せてもらったような気分になった小熊は、続けて言葉を発する。

「時計には詳しくないけど、どこで手に入れたのかは興味がある」


竹千代は頰《ほお》を緩ませて答えた。

「文京区大塚の監察医務院さ。保管期限の過ぎた遺品の落札に参加した」

竹千代は子供が空き地で拾った石を自慢するようにくすくす笑いながら言う。

「大したものだ。着けていた持ち主はほとんど魚の餌になっていたのに、これは綺麗《きれい》に残った」

小熊は竹千代がいじっているダイバーズウォッチを見たいような見たくないような気持ちに駆られたが、どうやらここで修理を始める前に全体の洗浄は終えているらしい。

「それを素人修理で直し、見た目も前歴も綺麗にして売り飛ばす、と」

竹千代は小熊の肉眼では見えないようなネジを外しながら答えた。

「これでも私の鑑定と手技を信頼してくれている人間は何人か居てね、私自身が仕入れ、オーバーホールした物ならという条件つきで譲って欲しいという話は既に幾つか来ている」

竹千代が行っているのは簡易的な分解清掃らしい。裏蓋を開けて幾つかの部品を取り出し、薬液が満たされた機材に漬けて超音波振動による洗浄を行っている。

小熊は機械式腕時計に関しては通り一遍の知識しか無かったが、製造されてあまり時間の経《た》っていない時計は、全体を浸漬《しんし》し洗浄するような本格的なオーバーホールを行うと時計自体の寿命への弊害のほうが大きいと聞いたことがある。

部品洗浄を終え、工具の木箱から、いずれも米粒より小さな幾つかの交換部品を取り出した竹千代は、部品を再び組み付けた後、開けた時よりずっと慎重な手つきで裏蓋をねじこむ。

一通りの作業を終えたらしき竹千代は銀塩カメラ時代のフィルムケースのようなキズ見ルーペを眼窩から外した。時計を軽く振って自動巻きのゼンマイを巻き、耳ではなく掌《てのひら》で作動音を聞くように時計を掌に載せた。

意識を集中しているらしき竹千代は急に後ろを振り返り、小熊の手を取る。

竹千代は小熊の腕を引き寄せ、手首に巻いたカシオの腕時計を見た後、チュードルの時間を合わせる。

竹千代の細い手首には腕時計の類は無い。止まっていた時を進め、今の時刻を表示しているチュードルを見ながら、竹千代は呟《つぶや》く。

「作業開始から五十五分か。まぁまぁかな」

竹千代がここで腕時計の修復や分解整備《オーバーホール》をしていることは、小熊も知っていたが、実際の作業を見るのは初めてだった。誰かしらが相応の対価を払うに値する作業なのかは、小熊にはわからなかった。

小熊は何かしら金策のヒントが無いものかと思ってここに来たが、これ以上居ても得られる物は無いらしい。

この腕時計を売った金が竹千代の時給だと思えば、そのマネーメイク能力は低くないが、特殊すぎて小熊の中に取り入れることは出来ない。ただ、小熊の問いに安易に答えず、自らが働いている背中を見せるという竹千代の考え方には不思議なことに嫌悪感を抱かなかった。学び、取り入れつつも、自分なりの改変と改良を加え、自分で答えを探し出せという意思伝達は少々鼻につくが。

ライディングジャケットをめくり、少なくとも精度に関しては竹千代のチュードルを上回っているカシオのデジタル時計を一瞥《いちべつ》した小熊は、カブに乗るようになって以来愛用しているカシオを労《いた》わるように指で撫でた。

おそらくは高価な値のつくチュードルを、ただの金儲けの道具を超えた愛玩を以《もっ》て扱う竹千代の手つきには及ばない。

案外竹千代も自分と同じく、人をうまく愛せない人間なのかもしれない。

竹千代に挨拶も無く小部屋を出た小熊は、出口ではなくキッチンに向かいながら言った。

「気が向いた。お茶を淹《い》れる」

振り返った竹千代は相変わらず意図の読めない微笑を浮かべながら言った。

ここで気を許した笑顔を見せるような女なら、小熊はここに来て竹千代と一緒の時間を過ごす価値を認めていない。

「お茶もいいが、実は以前から君や春目《はるめ》君が好んで飲んでいるコーヒーという物に興味があるのだ」

食器棚を横目で見た小熊は一つ頷き、ポットに水を満たして火にかけた。

(7) ドングリ

流し見した時にそうかなと思っていた生成り色の麻袋は、開けて見るとやはりコーヒーだった。

この棚にあるのがインスタントコーヒーだけなら、小熊は竹千代にコーヒーを淹れようなんて思わなかった。

袋のスタンプはインドネシアあたりの文字らしく小熊には読めなかったが、袋の紐《ひも》を解《ほど》き開けて見ると、中身は家畜の餌のようなひどい代物だった。

いったいどこのコーヒー産地で採れた物なのか形がいびつで不揃《ふぞろ》い、焙煎《ばいせん》も甘いらしく色が浅かった。

キッチンを見回した小熊はフライパンを見つけ出し、軽く焙煎し直した。生豆を買ってきて自家焙煎しているコーヒーマニアに張り倒されそうな粗雑な手順だが、薫りはなかなか。

どうやら美味なるコーヒーには見えないがカフェイン補給剤としての用は果たすらしい。

小熊は春目にそれほど多くを求めているわけじゃないし、竹千代は多くを与える価値のある相手というわけでもない。

手回しのミルで豆を粗挽《あらび》きにした後、湯が沸くまでドリッパーやフィルターを探していて気づいたが、春目の縄張りらしきセッケン部室のキッチンは、随分と散らかっている。

食材をあまり置かないせいか不衛生ではないが、ポットはコンロの横から離れた棚の上に置きっぱなしになっていて、コーヒーを淹れる器具も小熊なら同じ場所、あるいは右手でコーヒー豆の袋を手に取った時、自然に左手が伸びる場所に置いているが、このキッチンは何か作業するたびにキッチンの中でダンスでもするように歩いたり回ったりしなくてはならず、効率が悪い。

ここで料理をするならば頻繁に手にする調味料類も、わざわざしゃがんで開けなくてはならない一番下の引き出しで、取り出す時に料理から目を離すことになる。

このままではキッチンという作業スペースが事故の誘発装置になると思った小熊は、せめて目の前にある食器棚くらいは雑多な中身を分類したいという気持ちに駆られたが、そこは他人の作業場、どうせ何か起きても自分の命じゃないと思い、手をつけなかった。

ドリッパーにセットしたフィルターペーパーにコーヒーの粉を落とし、沸騰後少し冷ましたお湯を慎重に注ぐ。なかなかの手際で二杯のコーヒーを淹れおわった頃、外から自転車が停《と》まる音が聞こえた。

豆と湯はまだ余っていたので、小熊はコーヒーをもう一杯淹れ足した。もし自転車の主が小熊の思っている人間ならば、この部室に少し長居して貰《もら》わなくてはならない。

小熊がカブで遊び回っていた十代後半の多くを、カブで過重な労働を課せられ使い潰されていた春目は、小熊を一段も二段も上回るカブの操縦テクニックを有しているが、小熊にも教えてあげられることはあって、説教の一つもしてやらなきゃならないこともある。

とりあえず、コーヒーはもうちょっといい物を買え、と。

竹千代よりピッチの速い、言い方を換えれば優雅さが感じられぬ歩調で階段を登ってきた後、小熊と同じ手順で引き戸のロックを解除したのは、やはり春目だった。

ここまで急ぎ目に自転車を漕《こ》いできたらしく、少し息を切らした春目は言った。

「こんにちは竹千代さん！　あ、小熊さんも来てたんですか？　今日はこれを取りに来ただけで、今から自治体の草刈りに行かなくちゃいけないんです。セリとかヨモギとか、捨てるなんてもったいないので」

部室の壁にかけてあったドンゴロスの袋を手に取った春目は、くんくんと鼻を鳴らした。

「小熊さんそれ飲んだんですか？」

小熊は盆に載せた三つのコーヒーカップの一つを手にして一口飲んだ。

苦みは粘っこく残るくせに口をさっぱりさせる酸味は無い。控えめなのではなく、元々酸味をもたらす成分が入っていないような欠陥品。

「少し貰った、これはアラビカ種のコーヒーじゃない、きっとロブスタの変種だけど、こんなひどいコーヒーは初めてだ」

春目は首を傾《かし》げながら言う。

「それ、ドングリです」

和室の中央に置かれた屋久杉の無垢材《むくざい》らしきの卓子の前で、それまで瞑想《めいそう》をするように瞳を閉じてコーヒーを待っていた竹千代がゆっくりと瞼《まぶた》を開ける。

「秋にたくさん落ちていたから頼んで譲って貰ったんですが、コーヒーにしようとして色々試してもダメで、大学で飼っているウシにあげるために置いといたんです」

竹千代は静かに小熊を振り向く。平穏な感情を宿す竹千代の黒い瞳を覗《のぞ》き込まずとも、内心で腹を抱えて大笑いしているのがわかる。

キッチンに入ってきた春目が食器棚からずっと遠くのトイレ脇に置かれた缶を持ち上げて言った。

「コーヒーはこっちです。こんな袋にコーヒーを入れるわけないじゃないですか」

竹千代は手を伸ばし盆からカップを手に取った。一口啜《すす》ってから言う。

「これだって焙煎をやり直せばなかなかだ。人によっては、コーヒーと間違える、かも、しれない」

竹千代は言いながら耐えられなくなったのか体を前に折って大笑いし始める。

「キッチンが片付いてないのが悪い」

小熊が顔を赤らめて反論すると、春目は小熊がキッチンを使っている時には気づかなかった地下収納を開けて、茶菓子らしき乾パンを取り出しながら言った。

「このほうがいいんです。同じところに置いたら取り間違えるし、お料理してて、あ、わたしさっきお砂糖入れたっけ、ってなっても、体を使って取りに行ったものなら忘れない」

もしかして小熊が春目から得る叡智《えいち》は、スーパーカブのこと以外にもあるのかもしれない。

とりあえず雑草取りに行かなきゃならないという春目を半ば強引に卓子の前に座らせた。春目も小熊がローストしたドングリのコーヒーを見て用を忘れたような顔をしている。

小熊も自分がここに来た時に使っている客用の座布団を敷いて席につく。このまま春日を引き留めてコーヒーの時間を過ごそうと思っていた時、小熊のスマホが振動した。

竹千代に視線で許しを求めて上着のポケットから取り出したスマホの着信画面を見た小熊は、出ることなくスマホをポケットに戻しながら立ち上がる。

「用が出来た」

これから過ごそうと思っていた竹千代と春目との時間は、小熊が現在抱えている課題である金銭の問題を解決する上で役立つこともありそうだが、どうやら自分にはもっと優先すべきものがあるとわかった。

優雅に手を振る竹千代と、小熊の勝手な都合で振り回され、結局他の誰かに小熊を連れていかれることについてすこぶる不満な顔をしている春日に、軽く手を振るだけの挨拶をした後、背を向けバスケットシューズを履いた小熊はセッケンの部室を出て階段を降りる。

早足でカブを駐《と》めてある駐輪場に向かいながら、先ほど着信のあった電話先にかけ直す。

「小熊ちゃん助けて！」

小熊が高校時代にバイク便ライダーとして所属した陸送会社の社長、浮谷《うきや》東《あずま》の声が聞こえてきた。

小熊が道の上で信頼できる数少ないバイク乗りで、しばしば刺激的な仕事を依頼し、小熊に退屈しない時間を与えてくれる。

そして小熊の働きに応じて、幾ばくかの現金をくれる人。

小熊は浮谷の頼みは断らない。

そう決めている。

（8）依頼

小熊は森林地帯を抜けるワインディングロードを快適に走っていた。

季節は初夏の目前。桜が散って葉桜になり、生命感に溢《あふ》れた新緑が、車体に映っては後ろへと流れていく。

道路周辺の木々が途切れ、無限に広がっているかのような山脈が視界に入る。気持ちのいい陽光に照らされながら、小熊は自分が十代の大半を過ごした山梨もそうだったことを思い出す。

地表の三分の二は海で、人は海を見ると生命がここから生まれた神秘を感じると聞いたことがあるが、小熊は自分が生まれた場所はここだと実感していた。

日本の七割は山林で出来ている。

極めて快適なツーリングだった。

これからもそうであればいいと思いながら、小熊は前方にそびえる、すでに春を迎えたというのに雪を被《かぶ》り、鋭く切り立つ凍り付いた山脈を見つめた。

そして先ほどからバックミラーに映る白い光。

光を振り切るようにアクセルを開けた。本当に厄介なのは、背後の白い光ではなくこのバイクかもしれない。

町田の大学で突然呼び出されて三時間少々。甲府昭和のバイク便会社は何も変わっていなかった。

山梨とその周辺県の物流拠点となっている甲府昭和で数多く見かける鉄骨と鋼板の倉庫、シャッターを開け放たれた内部はバイクガレージになっていて、奥にあるプレハブが事務所になっている。

小熊がここに在籍していた頃、通勤に使っていたカブの指定席だった事務所横の駐輪スペースにカブを駐める。並んでいる他の通勤用バイクや原付を見るに顔ぶれは変わっていないらしい。仕事用のバイクはといえば、浮谷の黒いホンダ・フュージョン以外出払っている様子。あの一癖も二癖もありながら、バイクが好きという気持ちで繋《つな》がっていた仲間に会えないのは少し残念だが、まだここをやめて一ヶ月少々、懐かしむには記憶が新しすぎる。

事務所のドアが開き、小柄でずんぐりとした、丸っこい体形の女子が飛び出してきた。自分の色気を否定するかのようなサロペットスタイルのデニムオーバーオールと度の強い眼鏡、ふんわりと甘い香りのするショートボブの髪、この人はきっと、一ヶ月が一年、あるいはそれ以上になっても変わらないんだろう。

「小熊ちゃん！　元気だった⁉」

小熊の所属していたバイク便会社の社長、小熊が道の上で信頼する数少ないバイク乗り、浮谷東が小熊に抱きついてきた。

浮谷に招き入れられ、小熊は応接スペースに落ち着く。小熊がソファに体を沈め、町田から甲府までの疲労とも言えない程度の体力消費の後で一息ついていると、浮谷がインスタントのコーヒーとドーナツを出してくれた。

浮谷が好物というだけでなく、車輪の回転に命を託すことを生業《なりわい》とする人間の安全を守るものと信じているドーナツはいつも事務所に置いてあって、切れそうになると誰かが補充する。バイク便の仕事は待機が多い。必然的に暑さ寒さから逃れられてコーヒーを飲めるドーナツショップに寄る機会が多く、小熊もよく長居した場所代がわりにドーナツを買って帰った。

目の前に出されたオールドファッションっぽいドーナツは、よく行くドーナツ屋で見かける物より少し淡い色をしている。社長に視線で許可を貰い一つ食べてみる。揚げ物特有のくどさが控えめで、生地に独特の臭みがある、嫌悪感のある臭みではない。

小熊は眉を上げて浮谷を見た。この社長とは付き合いは短くとも「これは何のドーナツですか？」と口に出して聞くような浅い関係じゃない。浮谷は聞いてくれと言わんばかりの表情で話し始めた。

「こないだうちまで晩ご飯食べに帰ったの、そしたらママがあずちゃん丸くなったわね、って、それでドーナツをおからのドーナツに変えたの、ほらあの市場のとこの店」

小熊も知ってる店だった。この倉庫兼事務所の近隣にある広大な卸売市場。市場内の食堂は基本的にそこで働く人たちに向けた店だったが、最近は物流不況で客足も盛りを過ぎ、今では市場食堂はグルメスポットとして外部の客を歓迎している。その中にあった自然食品店のことだろう。

「ねぇねぇ小熊ちゃん、わたし太った？」

浮谷が体を押し付けてくる。正直ほんの少し体重は増えたように見えるが、それは小熊にとって浮谷の女としての魅力を損なうものではなかった。どうやら最初に思った通り浮谷は変わらないらしい。甲府の資産家だという実家を出て自分の力で生きていこうとしていることも、それが今いちうまくいってないことも、不安定な形で非常に安定している。

とりあえず小熊は見た目の感想を正直に告げる。

「太りました。ドーナツは一回の休憩で二つまでにしてください。あと運動をしましょう。仕事は運動になりません」

揚げ油にも米ぬか油を使っているというドーナツ二個を両手に持って食べていた浮谷は心外といった顔をした。きっと横に置いてあるコーヒーも、いつも通り砂糖とクリームがたっぷり入ってるんだろう。

小熊はいつも甘いものを食べる時そうしているように、ブラックコーヒーで口の中をさっぱりさせる。インスタント特有の焦げ付いたような味だが、つい先ほど大学の部室で飲んだドングリのコーヒーよりいくらかましな味。ケミカルな味のインスタントコーヒーは意外とドーナツに合わないこともない。

ここでドーナツとコーヒーを楽しむのはここまでカブで走って来た小熊に必要な休息なれど、一分一秒が惜しい顧客を相手に仕事をするバイク便ライダーに悠長な時間というものは存在しない。とりあえず浮谷が三つ目のドーナツに手を伸ばす前に、小熊は仕事の話に入ることにした。

「ここに来るまでに電話でおおまかな内容は伺いました。私は言った。その仕事には二台が必要だと」

浮谷はソファから立ち上がり、浮谷は小熊の言いつけを守るべく、ドーナツの箱を冷蔵庫に仕舞《しま》い、中に入っていたチョコパイを取り出しながら答えた。

「もちろん私もそう考えた。もう来る頃よ」

正直小熊がこの仕事を請けたのは、もう一度浮谷と走れるのを楽しみにしていたという理由もあった。ここに来て仕事用のバイクが浮谷の黒いフュージョン以外駐まっていないのを見て、目論《もくろ》み通りになると思っていた。しかし代わりに聞こえてきたのは、小熊が出来れば二度と聞きたくなかった音。

同じフュージョンながら音量が大きく、音質もハラワタに沁《し》みるような低周波音。しかも小熊のあまり好まぬ、バイクに乗りながら音楽を聴くスピーカーを付けているらしく、ジョン・ボンジョヴィの曲が一緒に聞こえてくる。

チョコパイを頰張《ほおば》り幸せそうな顔をしている浮谷を尻目に、小熊は事務所のドアを開けた。

無駄にタイヤを鳴らしながら駐まったのは、倉庫内の蛍光灯の灯《あか》りでけばけばしく輝くパールホワイトのフュージョン。

派手なフュージョンに乗ったバンソンの革ジャン姿の女は、バイクと同色の下地にプラチナシルバーの十字架が描かれたヘルメットを取る。

零《こぼ》れて流れる蜂蜜色の髪、パールホワイトのフュージョンに比しても白さの目立つ肌、エメラルド色の瞳。

小熊の前に現れたのは、数ヶ月前に入院生活を共にした、付け加えるなら三人の同室者の中で最も多く衝突した女、清里のシスターというまことに適材不適所な仕事で生計を立てているバイククレイジー、あと馬鹿。

「よっ小熊ちゃん！　祈りながら生きてるかい？」

片手を上げて挨拶したのは、小熊の二度と会いたくなかった女、桜井《さくらい》淑江《よしえ》だった。

話していると、いつも冷静さを失う。今まで知り合った人間で唯一、小熊を感情的にさせる女。

（9）黒姫

黒姫駅から黒姫山の頂に向かって真っすぐ、中腹にある開発集落からさらに県道を登った先。

勾配はきつく曲がりくねっているが、舗装は新しく凍結の心配も無さそう。道の脇の土手では、雪がまだ消えるまいと頑張っている。空気は東京の空気の倍の値段がするんじゃないかと思うほど清冽《せいれつ》で、風景も新緑の季節特有の生命感に満ちていた。木々の隙間から見える、まだ雪化粧を残す山々の景色は、息を呑《の》むほどに美しい。

この村に来るまでの風景は、以前に来た時と別世界だった。

小熊が数ヶ月前、礼子と共にここに来たのは、地震によって発生した孤立集落の救援のためだった。

あの時は土砂災害で不通になった県道を迂回《うかい》し、別荘地開発業者が私費で敷設した登山道を通ってここに来た。

真冬の厳寒期、北極に等しい過酷な冷風が何もかも凍り付かせる道。木々の枝は人間の体をたやすく引き裂く刃物になり、当然滑落すれば助からない。しばしば道を塞ぐ倒木を切り拓《ひら》き、土砂を乗り越えて登ってきた。

小熊はあの時の自分がなんでそんな事をしたのか、未《いま》だに全てはわからない。集落で水も食べ物も、暖を取る手段さえ尽きそうになっている親友を案じる、浮谷社長の涙を見たせいかもしれない。

涙で色気を増す女は居るが、浮谷社長は顔が子供っぽ過ぎるので、泣き顔は女を下げる。笑顔でいたほうが魅力的だ。

集落の入り口が見えた。小熊は手を振って後ろからついてきている桜井に合図し、黒いフュージョンを滑り込ませた。

依頼を請け招かれた甲府昭和の事務所で、桜井に再会した小熊は、真っ先に踵《きびす》を返し逃げだそうとした。

自分のカブに向かって走り出そうとしたところで、後ろから桜井に押さえ込まれる。

「会いたかったぜ、小熊ちゃん」

小熊は手足をバタつかせ必死に逃げようとしたが、上背で一〇ｃｍ近く勝る体格差からは逃れられない。それに、桜井の体から微《かす》かに発するカモミールのような薫りを嗅ぐと腰の力が抜けて来る。教会という彼女の職場のせいだろうか、以前バイク便の仕事で、大月市の教会まで神父が通販で頼んだグラビア写真集を届けたことがあったが、崇拝物の到着に気を良くした神父にお茶に招かれた時、教会内は秘蹟《ひせき》の儀式に使われる香油のラベンダーを思わせる薫りで満ちていた。もっともその教会は桜井の話では、葬式でも結婚式でも提示する価格は他の教会より安いが、後からオプション費用をあれこれ取るボッタクリらしいが。

「私はあんたに二度と会いたくなかった」

小熊がそう言いながら桜井の祝福を逃れようとするが、桜井は小熊をしっかりと抱きかかえながら言う。

「あたしはもう小熊ちゃんには会えないって思ってた。でもあたしたちは道の上で再び会う。神の御心《みこころ》には逆らえねぇんだ」

これから仕事を頼むパートナー同士が事務所の前で格闘を繰り広げる様を眺めた浮谷は安心したように頷いた。

病院に入院している間に知り合った友達同士というものは、退院後再び会った時、妙によそよそしくなることがある。基本的にパジャマ姿で寝っ転がりながら過ごす対等な時間。外の世界の恰好《かっこう》で互いに社会的な立場のある身で再会すると、なんだか同じ時間を過ごしていたことが幻のように思えてくる。退院時に互いの健勝と長らくの友情を祈って別れつつ、そのまま疎遠になることが多い。

少なくともこの二人の間にあった壁は、目の前であっさりと溶けて消えた。同じバイク乗りという共通点は、思ったよりも濃いのかもしれない。

帰ろうとする小熊と帰すまいとする桜井を何とか説き伏せ、浮谷は二人を事務所に招き入れた。

事務所の応接スペースにあるソファに座った小熊はもう観念した様子だった。桜井は仕事に乗り気な雰囲気。これもまた二人に共通した事情、今、取っ払いの現金を必要としているという理由がある。

互いに靴先でつつき合っている二人の向かいのソファに落ち着いた浮谷は、仕事の説明を始めるべくMacBook Proを開いた。浮谷の思った通り、小熊はもうテーブルの上に自分のiPadを出している。桜井は何も出してない。必要な物はその都度人に借りればいいと思っているタイプ。浮谷の経験上、そういう人間は物事の要不要の選別が早く、仕事先における人間関係の構築も上手《うま》い。

既に荷物の内容と性質、それから荷受け先と届け先についてはここに来る前、大まかに伝えてある。長野県北部のある場所から、東京まで荷物を運ぶ仕事。詳細はここに来てから。

浮谷が地図ファイルを小熊のiPadと共有する。ファイルを開いた小熊は一つ口笛を吹き、横から覗《のぞ》き見た桜井は微かに目を伏せた。

荷受けの場所は小熊も知っているところだった。

長野県信濃町《しなのまち》、黒姫山中腹にある分校を中心とした集落。

小熊はほんの数ヶ月前、震災で孤立集落となったこの場所に、命を繋ぐ物資を送り届けた。

桜井の微妙な表情変化に気づいた小熊が横を向き、桜井を直視する。

小熊から目を逸《そ》らしていた桜井は、小熊に睨《にら》まれて根負けしたように言う。

「そこで生まれたんだよ、あたしは」

(10) ブリティッシュ

ごく簡単な打ち合わせの後、小熊と桜井は甲府昭和の事務所を出た。

各種装備の詰まったバイク便用のメッシュベスト一体型ライディングジャケットを、小熊は赤いスイングトップ・ジャケットの上に、桜井はバンソンのレザージャケットの上に重ねる。

桜井は幾つもあるポケットに詰まった救急キットやタブレットに「重いな」と言っていたので、小熊は桜井の背中を掌《てのひら》で叩《たた》いた。

「一番重いのは、それだ」

遊びに行くんじゃない。ベストの背中には社名が大書してある。浮谷の設立した社の看板を背負って走る事になると知ってもらわなくてはならない。

桜井は一つ頷いて白いフュージョンのエンジンを始動させた。小熊はカブで行きたいところだったが、今回は浮谷のフュージョンを借りる。ルートの途中には高速道路もあるし、この社に居た頃、小熊の専用車だったＶＴＲ２５０は現在、他のライダーが乗って行ってしまっている。

甲府近辺では桜井より土地勘のある小熊が先行する形で、フュージョンを発進させた。

甲府昭和から中央道に乗って、中部横断道路と上信越道を経て長野黒姫まで。バイク便の仕事なら長距離というほどでもない隣県までの道中、何度か先頭を入れ替わりながら走った。

鋭い追い越し加速で他車に先行する走りを見せる桜井の白いフュージョンを後ろから見ながら、小熊は黒いフュージョンのアクセルを開け、無駄の無い動きで先行車を追い越す。最初は浮谷がカラスと呼んでいる仕事用の黒いフュージョンより、浮谷が白いカラスと名付けて遊び用にカスタマイズし、後に桜井に譲渡された白いフュージョンに乗ることを小熊は望んでいた。

小熊もあの白いカラスがまだ浮谷のものだった頃に借りて乗ったことがあり、三二〇ccまでボアアップされたエンジンと単気筒ながら澄んだ音の大径マフラー、強化された足回りを味わうと、ノーマルがなんとも物足りなくなる。

だが実際に乗ってみたところ、浮谷の仕事用の黒いフュージョンも、充分に魅力的であることを知った。

アクセルのレスポンスも良好で、サスペンションの安定性も高く、安心してスロットルを回すことが出来る。ノーマルとは違う。ピストンや吸排気のサイズアップによるパワーの向上を最優先するカスタマイズとは異なる、細部の調律と加工、最適化を重ねたメカニカルなチューニング。もしかしたら桜井の白いカラスより金がかかってるかもしれない。それに、こういうバイクを作る人間は、わかっている人間にしか乗らせない。桜井に使わせるにはもったいない。

とりあえず今回の仕事はこのまま黒いカラスに身を委ねてもいいだろう。白いカラスはもう桜井のバイクで、少なくとも小熊は桜井と、お互いのバイクを貸しあえるほどの信頼関係を構築していない。

県境を越え、今はしなの鉄道北しなの線と名を変えた旧信越本線沿いに北上し、特に休憩を取ることもなく黒姫山を登る。

快適なワインディングロードで中途の開発集落を通過した後、小熊と桜井のフュージョンは顧客の居る分校集落に到着した。

薄暗い、小熊にとっては木々のトンネルが気持ちいい登山道路を抜けた先にある集落は、開放的な雰囲気だった。余所者《よそもの》に因縁をつけて賄賂をせびる保安官も居ないし、牛泥棒を吊《つ》るす柱も見当たらない。

依頼主で浮谷の親友でもある女性教師が待っているという分校の宿直室へと向かう。教員による学校宿直制度がまだあった昭和時代に建てられた木造校舎には、この集落の小中全学年合わせて二十人程度という生徒数に対し、多すぎる教室と立派な体育館がある。

小熊は以前ここに来た時、この生徒数に見合っていないように見える設備が、震災等の有事で集落住民の避難を受け入れ、物資を提供する災害対応拠点として機能しているのを実際にこの目で見ている。

フットボールグラウンドくらいある校庭には、ヘリが緊急着陸する時に必須となる風向風力計と気温湿度を測る百葉箱が設置されていた。

校舎の裏手に付け足すように増築された、丸太でなく角型の木材で建てられたセルフビルド・ログハウスの前にフュージョンを乗りつけると、日本の気候と湿度に合わないらしく開閉の渋い無垢材《むくざい》のドアが開き、中から丈の長いフィールドジャケット姿の女性が出てきた。

彼女は客先での挨拶をすべく営業スマイルらしきものを浮かべた小熊に駆け寄り、抱き着いてきた。

「よく来てくれたわ！　我がカントリーの救世主！」

背の高い女性はなんだか臭くてベタベタするジャケットを着ていた。小熊には覚えがある、高校時代に同級生だった椎《しい》の父。ドイツ式のライフスタイルを愛しつつも、若い頃にかぶれたイギリスのファッションにも未練があるらしい彼が、奮発して買ったが、結局数回着ただけで売ったという、分厚い木綿布に油を染みこませた防水ジャケット。ある国の人間か、その国に気候の似た地の人間しか好まないであろうひどく不便な、オイルジャケットと呼ばれる防水防寒着。きっと標高が高く、山梨北杜《ほくと》より降雨の多いこの場所では便利なんだろう。

桜井が横から、普段から葬式や結婚式の仕事を取ってくるのが上手い優秀なシスターと自称しているのがあながち嘘《うそ》でないと思わせる笑みを浮かべながら握手の手を差し出すが、オイルジャケットの女からやはり抱擁の歓迎を受け、小熊と同じ目に遭わされる。

まがりなりにも若い女子に防水油まみれの布を押し付けたことを気にするでもなく、背が高く彫りの深い顔立ちの女性は言う。

「お仕事の話の前にアフタヌーンティーはいかが？　それともシェリーかスコッチのほうがいいかしら」

小熊と桜井は目を見合わせた。小熊は前回ここに来た時に何となく気づいていたが、鬱陶しい濃緑色に塗られた宿直室を見るまでもなく、宿直室の隣にある同じくらいの大きさのガレージに鎮座するジャガーのクーペを見るまでもなく、春の季節にオイルジャケットを重ねるには暑すぎるウールシャツを見るまでもなく、この人は自分をイギリス人と思いこみ、生活の全てを英国風に仕立て、この片田舎町でアルスターかクロイドンの素封家を気取る。

ブリティッシュな人だ！

（11）ティータイム

小熊と桜井は宿直室に招き入れられた。

靴のまま室内に上がるスタイルから小熊が察した通り、室内は英国式の調度品で飾られていた。

ビルダーが余技と端材で手っ取り早く作れるため、ログハウスには高い確率で置いてある2by4材と建築ボルトで作った手製テーブルがリビングの中心にあり、隅にキッチンが見える。

折り畳みの階段を登った先にあるのは寝室だろう。寒暖差激しい日本には向かないが、ブリティッシュカントリー趣味の人間が屋根裏部屋に憧れないわけがない。

部屋主の女性が重厚な木のハンガーを手にしながら小熊を見たので、小熊と桜井はメッシュベストつきの上着と、下に着ていたスイングトップを差し出す。女性は小熊の日本ではスイングトップと呼ばれるブリティッシュ・トラディショナルスタイルの赤いゴルフジャケットを興味深げに眺め、桜井のロンドンのパンクスを思わせるバンソンの革ジャンにも敬意を払った様子でハンガー掛けに吊るす。自分のオイルジャケットを脱いで、油まみれの木綿生地に意味があるのかどうか、丁寧にブラシをかけて隣に吊るす。あのいい香りとは言いかねる防水油が自分のジャケットに付くのが心配だったが、バイクに乗る時に着る実用服で今さらの話。都会の排気ガスや自分の血で汚れるよりいい。

どうやら玄関隣のハンガー掛け一つ分のスペースがクロークのようだった。ハンガー掛けの隣にはクロークに欠かせない帽子掛けがあって、昭和時代の動画でよく見かけたボルサリーノのソフト帽が掛けられていたが、ヘルメットをブラ下げたらひっくり返りそう。幸い靴箱の上にスペースがあったので、ヘルメットはそこに置かせて貰《もら》った。

テーブルの周囲に置かれたマホガニー材の椅子を勧められ着席する。仕事の主導権を握るべく、出来れば最奥の上座に座りたかったところだが、その席にはもう部屋主の女性が座っている。教師らしいな、と思った。自分の生徒だけでなく、ビジネスやプライベートで会う人に対しても自分の教え子であるかのような態度を隠せない。小熊は以前に出会った大学准教授を思い出した。乗っているレクサスの色が好みに合わないので、もう二度と会いたいとは思わないが。

横目で桜井を見た。彼女もシスターとして人に説教する仕事をしているが、何も迷うことなく下座に座っている。一度座ってから椅子を少し引く。相手の物言いが気に入らない時は、いつでもテーブルを蹴っ飛ばして出口に遁走《とんそう》できる位置。

小熊も女の向かい側に座る。玄関と女性の席を結んだ線上、もし上座の人間が誰かに撃たれたならば、身を挺《てい》して護《まも》る位置。正直なところ命を張る価値のある相手と同席する時しかやりたくない。

着席したところで、改めて挨拶をしようとしたところ、小熊より早く桜井が握手の手を差し出した。

「今回のお仕事でメインライダーを務めさせて頂く桜井淑江です。現在一時的に共同輸送社に籍を置かせて頂いておりますが、普段は清里のカトリック教会で神にお仕えし、礼拝と信仰の日々を過ごしております。私たちに神のご加護があらんことを」

小熊は口の形だけで「嘘つけ」と言った。清里にある桜井の教会は同じ北杜《ほくと》市内なので小熊も一度行ったことがあるが、桜井と神父は昼下がりの礼拝堂で二人揃《そろ》ってスマホゲーに夢中になっていて、ある意味神頼みな時間を過ごしていた。

桜井は銀の十字架が箔押《はくお》しされた名刺を差し出す。女性も握手の手を握り、名刺を渡す。

続いて小熊もまだ人となりのよくわからぬ女子に握手する。握力は意外と強い。体育の授業でついた筋肉かと思ったが、少しごつごつした掌《てのひら》で気づいた。どうやら隣のガレージで憩っているジャガーのタイプEクーペは、近所のお散歩や買い物のために乗っているのではないらしい。

「私は今回のお仕事でライダーの指揮、管理を務めさせて頂きます。お友達の浮谷さんには普段からお世話になっております」

小熊の出した浮谷のバイク便会社が発行、支給した名刺を見て、教師は苗字《みようじ》の読み方に迷っている様子。小熊はもう慣れていた。難読な漢字で、初対面の人間にはまず読めない。

「小熊で構いません」と言うと、安堵《あんど》した様子。

小熊も差し出された名刺を一瞥《いちべつ》する。分校とはいえ公立校、教職の公務員らしき生硬な名刺。名前は生沢轍花《いくざわてつか》と言うらしい。

「小熊さんはあずちゃんとお仕事してたの？　大変でしょ？　あの子は」

どうやら小熊が苦手とする世間話、共通の知人についての話が始まる様子。これも仕事のうちと適当に相槌《あいづち》でも打って済ませようとしたところ、唐突に背後の振り子時計が鳴った。

　重厚だが心臓をびっくりさせる類でない温かみのある音を聞いた生沢という女性は、話の途中で唐突に立ち上がった。

「お茶の時間ですね。いま淹《い》れますから少々お待ちを」

　そう言うと生沢はカーテンで仕切られたキッチンに消える。桜井が椅子の上で伸びをしながら言った。

「イギリスと戦争をするとな、いつも午前のイレブンシスと午後のアフタヌーンティーの時間に砲撃が止まるんだ。敵国はそれで時計を合わせる」

　小熊には桜井のいらない知識より、彼女がいつも通り革ジャンの下が聖職者にあるまじき恰好《かっこう》なところが気になった。タンクトップの胸のところの生地が伸びきっている。自分の着ている白いスウェットシャツの胸を撫でた。シノさんの店でタダで貰ったスウェットにはホンダレーシングの派手なロゴがプリントされていた。

　数分後、錫《すず》のティーポットとカップ、砂糖壺《つぼ》とミルクピッチャー、キュウリだけのサンドイッチの載った銀盆を持った生沢が席に戻って来た。

　小熊と桜井の前にほんのり温かいカップを置き、慣れた手際でお茶を注ぐ。正しい手順で淹れたらしく、マスカットを思わせる芳香が広がるダージリンの薫りを嗅ぎながら、小熊はイングリッシュ・ティーの愛好家が、型通り客にお茶を先に注ぐのかミルクを先にするのか聞いてこないのが気になったが、生沢が自分のお茶を注ぐ時に、ティーポットとミルクピッチャーを同時に持ち、両方を同時に注いでいるのを見て納得した。

ロンドンにある茶の名舗フォートナム&メイスンの老番頭はそう注いでいると聞いたことがある。厳格に守られ伝承されたティーマナーのしめくくりは「好きにやれ」ということか。


生沢に目で許しを求め、自分でミルクを入れたお茶を一口飲んだ。桜井は砂糖を無礼なほど入れてかき回している。続いて見た目通り本当にキュウリだけしか挟まってないサンドイッチを一つ摘《つ》まみながら、桜井がサンドイッチに塗るマヨネーズなどを要求する前にビジネスの話を始めた。

「今回お預かりする荷物についてですが」

きっと何度も鏡を見て練習したらしき優雅な仕草で午後のお茶を飲んでいた生沢は、やはり腹が立つほどの優雅な口調で言った。

「あずちゃんから聞いてましたが、小熊さんはやや人生の時間を急《せ》きすぎる方ですね。ご先祖はケルト人かしら」

小熊は今日のネクタイの柄でも聞かれたかのように答えた。

「父方の曾祖母《そうそぼ》がそうだったと聞いてます。ベルファストの出身というだけで他に何も知りませんが」

生沢の表情が変わる。複雑な顔。あえていうならばホンダかヤマハのバイクを一生懸命ブリティッシュカスタイルにカスタマイズして得意げに乗り回していたら、隣に本物のトライアンフやBSAが駐まったような顔。

生沢はさっき受け取った小熊の名刺を慌てて見返す。難読な漢字、読み仮名をカタカナで表記すれば、アイルランド系でよく見かける姓になる。

桜井がいきなり小熊の肩を摑《つか》んで自分に向かせた。エメラルドのような瞳で見つめてくる。

「前からそうじゃないかと思っていたけど、小熊ちゃんの瞳って片方がグレーっぽいんだな、ヘテロクロミアって奴《やつ》だ」

生沢は先ほどまでの優雅の仕草を投げ捨てたかのように、テーブルをドンドン叩きながら地団駄を踏んで言った。

「アイルランドの血が入ってて、そのうえ金銀妖瞳なんて！　どんだけ羨ましいの！　いいな～！　いいな～！」

小熊は少々ふてくされたようにキュウリだけのサンドイッチをもう一つ頬張《ほおば》った。いい香りのバターが塗ってあって塩加減も良好。もしかして今まで食べたサンドイッチで屈指の美味かもしれない。少なくとも、今交わされているあまり愉快とは言えない会話より価値がある。

やっぱり世間話なんて苦手だ。自分がオッドアイで得したことなんて覚えてる限り一度も無いし、碧眼《へきがん》のように見栄えのするオッドアイじゃなく、歯医者にすら気づかれない微妙なグレー系オッドアイ。

キスするくらい近づく相手にしかわからない。

（12）教会

小熊たちが届けることになる荷物の準備が整うのが明日の早朝ということで、小熊と桜井は夕食まで集落の中を散策した。

ここ周辺の子供たちを受け入れる分校が中心になっている集落は昔からのものではなく、民間のリゾート開発企業の主導によって作られた比較的新しい集落らしく、建物も舗装も古びた感じはしない。

住民の居住する建物はスイス風の三角屋根が多いが、一階に無粋な土産物屋が入っているような観光用の紛《まが》い物ではなく、地元の木材と漆喰《しっくい》で作られたシャレースタイルと呼ばれる重厚な木造建築。

余所者《よそもの》に見せるための建物でなく、そこで理想的な暮らしをするための木組みの家々。あの生沢という分校教師も、ブリティッシュな色眼鏡越しに見ればハイランドと呼ばれるスコットランド高地地帯だと思いこむことが出来るだろう。

桜井は集落のあちこちを指差して案内してくれるが、コンビニの類は見当たらない。集落に一つだけ食料品と生活用品を扱う商店があるが、買い物はここから数ｋｍ下山した先にある開発集落で間に合っているらしい。さらに数ｋｍ下れば、黒姫駅前で大概の物が手に入る。

山道の往来に以前は車かバイクとその免許が必須だったが、今はごく普通の電動アシスト自転車のバッテリー容量の範囲で往復できる。

集落の外れ、半ば森で囲まれた場所に小さな教会があった。桜井がノックもせずに礼拝堂に入る。信心など縁の無い小熊が入るのを躊躇《ためら》っていると、桜井が聖水盤で指を湿して十字を切った後、振り返って言った。

「入れよ、教会は全ての迷える子羊のために、常に門戸を開いてる」

日曜でも無いのに礼拝堂はそれなりに人で賑《にぎ》わっていた。小熊の知る教会との違いは、礼拝席についている人たちが皆ノートパソコンやスマホを持っていること。

「この集落でWi-Fiがあるのがここだけなんだ。あたしらガキ共の遊び場だった」

小熊は以前孤立集落の救援のためこの集落に来た時のことを思い出した。電気が止まりライフラインが全て機能不全を起こした村にガソリンエンジンの発電機を持って行った時、集落の住民は真っ先にWi-Fiの復活を希望したが、発電機をルーターに繋いだところ停電だけでなくWi-Fi基地局も被害を受けていたことが明らかになり、飢えたようにソシャゲやSNSのアプリを開いていた集落の住民たちは、接続エラーの表示を見て教会に似合いのお葬式のような雰囲気になっていた。結局発電機や当座の食料と共に持って行った衛星携帯電話のおかげで何とか外部との連絡が可能になり、自治体への救援依頼をすることが出来た。

神父らしき人が説教壇の上に現れた。この教会はネット通販の受け取り場にもなっているらしく、Amazonや楽天の段ボール箱を抱えている。浅黒い肌に長く縮れた髪、どこかジェームス・ブラウンを思わせる神父が桜井の姿を認め、壇から降りて駆け寄ってきた。

「よう悪ガキ、久しぶりだな」

桜井は殊勝な様子で神父の手を取り、唇を付けた。

「ご無沙汰してます。本日は神の思《おぼ》し召《め》しで故郷の村への恩返しをすることになりました」

小熊は挨拶の作法に迷ったが、結局いつも通り握手の手を差し出す。

神父は小熊の目を見つめてがっちりと手を握った。好男子とはいえないが、何とも茶目《ちゃめ》っ気《け》のある瞳をしている。

「ゆっくりしてってくれ！　飲み物はセルフだがボッタクリじゃないぜ」

神父は親指で窓の外を指した。教会に付属するような感じで、山梨県外では珍しい廉価自販機を並べた休憩所、ハッピードリンクショップがあった。

「まさか淑江がカタギの仕事をやってるなんて思わなかったぜ。清里でシスターをやるって聞いた時は、あぁこいつまともな人生終わったなって思ってたのによ」

小熊は是非詳しい話を聞きたいと思ったが、神父は信徒、といえばいいのか集落の住民に呼び止められた。

「神父さん、これインストールがうまくいかないんですが」

神父は「ちょっと済まねぇ」と言って小熊の前を離れ、声の主に駆け寄って、操作していたタブレットをいじくり回す。

「あーこれ容量不足だわ。この詐欺野郎はパッチの配布と一緒に馬鹿でかい更新ファイルを送ってくるんだ。おーい誰か64ギガのmicroSDは余ってないかー」

桜井は肩を竦《すく》め、小熊に視線で退場を促す。小熊は壇上の十字架に一礼した後、礼拝堂を出る。

外の自販機で買ったレモンスカッシュを飲みながら桜井と少し話す。

北米資本の電力会社で、再生可能エネルギーに関する技術者をやっているという桜井の父は転勤族だったらしい。

発電用の基板材料となり、北杜《ほくと》市が全国における生産量の上位を占めている単結晶クリスタルの埋蔵量調査と採掘のため赴任したこの集落で桜井は生まれ、その後上高地、清里と転勤を重ね、桜井もそれに伴って転校した末、清里の高校で就職活動の時期にバイクで遊び回った結果、成績や単位が色々とヤバくなり、昔洗礼を受けた神父の紹介で軽井沢の神学校に入学した後、清里にシスターとして赴任したらしい。洗礼名《クリスチャンネーム》はどうあっても小熊には教えてくれなかったが、ジェームス・ブラウン似の神父の話によると、母の故郷のご当地チーム、カンザスシティ・チーフスで戦犯物のタッチダウンミスをしたワイドレシーバーと同じ名前だという。

小熊としては桜井が人生のどの部分でバイクに惹《ひ》かれ、どうやって金を貯《た》めバイクを買ったのか知りたかったところだが、それを聞くとまるでやたら桜井の過去を知りたがる厄介な女になってしまいそうなので、後々桜井が聞いてもいないのに勝手に話し出すのを待つことにした。

小熊はただ、桜井が初恋のバイクと言っていたホンダNSR250Rとどんなふうに恋に落ち、どのように愛を重ねたのか知りたかっただけ。

今でもまだ未練を残しているのか。今、桜井のすぐ側《そば》に居るものと、どっちが好きなのか。

(13)キャンタロープ

さほど広くない集落を桜井に手を引かれるように散策しているうちに、陽《ひ》が沈んできた。春の半ばを迎え落日が遅くなるのは、この日本であって日本でないような場所も変わらないらしい。

きっと生沢は暮れの微光が夜中まで続く英国のトワイライトがここに無いのを物足りなく思っているだろう。

集落の分校教師として宿直室で寝起きしているという生沢から、小熊のスマホに夕食の時間とのメッセージが入ったので、集落の中心にある木造の分校に戻る。

小熊たちが招かれたのは、分校にある教室のうちの一つだった。何やら肉の香りが漂ってくる実習室の隣にあって、普段から生徒の教室でなく集落の集会所として使われているらしく、壁に貼られているのは時間割や掃除当番の表、あるいは標語や習字ではなく、自治会の連絡や催し物のお知らせ。学校の机が幾つもくっつけられたテーブルに白いクロスが敷かれている。

指で触れると布は固く指先に少し引っかかりがある。日本ではホテルのリネン業者が主に木綿寝具を扱ってる関係で木綿と混同されがちだが、リネン本来の意味である、亜麻と言われる麻の中でも衣料や寝具に使われる上級種の繊維を織った布らしい。輝くような純白ではなく、白い布を不自然なまでに白く染め上げる漂白剤を使っていない落ちついたオフホワイトで、よく見ると小さな染みや、化繊ならすぐ溶けるかなりの高温に耐えたらしき焼け焦げはあるが、清潔感を損なう物ではない。厚手のリネンは何十回洗濯してもビクともしない。

小熊と桜井は長方形にくっつけられた机の短辺側、いわゆるお誕生日席を勧められ着席する。やはり引く時に独特の音を発する教室の椅子。つい先月まで高校生として座っていたのに、なんだか今座るとお尻が少し狭っ苦しい。

席についていたのは集落の住民らしき人達だった。限界集落にありがちな住民の平均年齢が日本人の平均寿命と変わりないような高齢者ではなく、まだ田舎暮らしに適応できるうちにアーリーリタイヤや在宅ワークに切り替えたらしき人達。さっき会ったジェームス・ブラウン顔の神父も居る。出席者の表情を見るに一応は歓迎の意志と興味を抱いてくれているらしい。何人かは幼少期の桜井と顔見知りで、集落の子供だった頃と何ら変わらぬ口調で話しかけられて、桜井は少々照れくさそうな表情をしている。

少なくともイブニングドレスが必要な堅苦しい場ではないらしい。桜井はバンソンの革ジャンが食事の席では重くタイト過ぎたのか、タンクトップの上に分校で借りたらしき桜色のカーディガンを着ている。小熊は自分の赤いスイングトップの襟を指で撫でた。

ホスト役らしき生沢によって食前酒が配られる。カシス酒を白ワインで割ったキールと呼ばれるカクテル。小熊と桜井にはアルコール分が一％を超えないようにカシスを炭酸水で割った物で、もう二十歳を迎えている桜井はやや物足りなそうだったが、小熊はベリー系のややくどい甘味《あまみ》が炭酸水の清涼感で緩和される薄いカシスソーダを結構気に入った。

間もなく数ｋｇの牛リブ肉の丸焼きが銀のトロリーと呼ばれる手押しワゴンに載せて運ばれてくる。生沢はリブローストビーフを日本の脇差のような肉切りナイフでステーキくらい分厚く切って、バターを付けたベイクドポテトと共に大皿に載せて小熊と桜井に出す。コースじゃなくいきなりメインを出すスタイル。生沢はトロリーの下段からクレソンのサラダが盛られた大きな鉢と取り皿を出してテーブルに置く。

出席者の間を回り、表面はよく焼けていて芯がバラ色のローストビーフを各人の好みに応じて切り分けた生沢が、小熊たちの真向かいに着席する。小熊たちを含め何人かはもう食前酒を飲み始めていたが、生沢が音頭を取って乾杯する。スラン・チェヴァ、ゲール語で健康に乾杯という意味らしい。

小熊は出席者とグラスを合わせ、最後に隣の席の桜井と軽くグラスを当てる。淡い赤のカシスソーダ越しに桜井のグリーンの瞳を見つめた後、グラスを干した。

おかわりは背後のロッカーに並べられたボトル類から自分で注ぐセルフ方式らしいので、桜井のグラスを手に取って席を立つ。桜井に任せると、神父が持ち込んだ一升瓶サイズのジャック ダニエルをダブルで注いできそうなので、ロッカーの上に置かれたカシス酒をグラスに寝酒くらい注ぎ、自分の分にはごく少量垂らしてソーダサイフォンから炭酸水を注ぐ。

席に戻るともう桜井は、今日の糧への感謝を祈る食前の儀式を早々に終わらせたらしく、プライム・リブと呼ばれる厚切りのリブローストビーフを食べ始めていた。

小熊も後ろに引くと学校の給食や弁当の時間を思い出す音を発する椅子に座り、夕食を食べ始める。まずはクレソンとスティルトンチーズのサラダで腹を落ち着かせ、少なくとも五〇〇g以上あるプライム・リブに挑む。

固く歯と顎にも、切り分けるナイフにも負担を強いるリブ肉は、食べてみると非常に美味だった。

牛肉といえば柔らかさと脂肪の量で美味《うま》さを決めるような人が食べれば、焼きすぎの固くてパサパサな肉としか評価出来ないであろうローストビーフは、小熊が脂より重んじている肉汁が噛《か》むたび口中に迸《ほとばし》る。


きっとこの肉汁を雑味なく味わうため、脂と水分を飛ばすような焼き方をしている。表面も焦げた肉汁が言葉では言い表せぬ芳香を発するまで焼いている。これを焼きすぎと評する人が居るならば、その人間はよほど舌が貧しいんだろう。

肉は塩胡椒《こしょう》で充分な下味がついている上にホースラディッシュの薬味が利いていて、フォークが止まらない。この固い肉を歯と顎の限界まで食べたくなる。胃のほうは、この生きる力の塊のような肉塊を全部食べても満たされる気がしない。

桜井も合間に近隣の牧場で作って間もないというバターを載せたポテトを口にしながら黙々と食べている。他の同席者はといえば、うんと薄く切って酒のツマミとして食べている人も居れば、どこからか持ってきた醤油《しょうゆ》とご飯で食べている人など様々。

　生沢の英国趣味は正直鼻につくこともあったが、食事だけは別だった。小熊は英国の食事が不味《まず》いという人も知っていたが、その人はきっとイギリス、あるいは京都あたりで必須だという美味な物に辿《たど》り着く交渉力や身分的な後ろ盾、何よりこの人を美食で歓待しようと思わせる魅力が足りなかったんだろう。こいつには餌でも与えておけばいいやと思われるような人間には、餌しか出されないのは当然のこと。

　あるいは、それ以前に英国に行ったことすら無い問題外の人たち。

　食事の席では東京の女子大生ながらバイク便で生計を立てる十八歳女子の小熊や、この地で生まれ今は清里のシスターとバイク便ライダーの二足《にそく》の草鞋《わらじ》を履く桜井にあれこれと質問が飛んだが、それに応対し、逆にここでの暮らしやここに来るまでの前職について色々聞いてみたり、数滴垂らしただけのカシスによる暗示的な酔いも手伝って、そういうお喋《しゃべ》りの時間が楽しい。

　充実した食事時間だった。ここに来た目的はバイク便の仕事だが、今なら油田消火用のニトログリセリン以外なら何でも運んであげたい気分。

小熊と桜井が肉を食べ終え、皿に残った肉汁をこの学校で焼いたというバゲットで拭き取って残らず食べた頃に、生沢がデザートを運んできた。

食後の甘味は贅沢《ぜいたく》にハーフカットされた冷たいメロン。網目の無い平滑な皮で、カボチャのように色が濃い。先端にギザギザのついたグレープフルーツスプーンで一口すくって食べてみた。信じられないほど甘くて芳醇《ほうじゅん》だった。

小熊はメロンを食べている自分たちを、集落の人たちが注視している事に気づいた。自分は甘い物を食べてよほど間抜けな表情をしていたのか、例えば真横で今にも溶けそうなだらしない顔をしている桜井みたいに。顔を上げ、視線で生沢に問うと、生沢は答える。

「小熊さん、メロン美味《おい》しい？」

小熊はナプキンを口に当て、答える。

「今まで食べた中で最も美味なメロンです。客先で食べた静岡の最高等級のメロンを含めて」

桜井もスプーンを置いて生沢を見た。金の匂い、ビジネスが始まる空気を察したらしい桜井は狡《ずる》そうな抜け目無さそうな、奸智《かんち》を窺《うかが》わせる表情を見せた。生きる意志そのものといった感じで、小熊はこういう貌《かお》をする女が嫌いではない。

「小熊さんと桜井さんに運んで貰いたいのは、このメロンよ。日本で初めてこの地で栽培に成功した、キャンタロープ・メロン」

小熊は自分が食べているメロンをもう一度見た。もしかしたらこれは、零《こぼ》すと爆発するニトロより厄介かもしれない。

（14）専用ケース

生沢はハイランド・スコッチの高級銘柄、グレンモーレンジィの酔いが入ってるにも拘らず、誇らしげに自慢し始めた。

アメリカでは庶民的なダイナー等で広く食べられているキャンタロープ・メロンは、今まで日本では、ドライフルーツや加工菓子でしか食べられなかったらしい。

その理由はメロンが収穫されてから食べごろになるまでの追熟期が、二四時間ほどしか無い特殊なメロンだから。

世界には同様に地元でしか味わえないローカルなメロンが多数あるが、シアトル資本の高級コーヒーチェーンのフルーツフレイバーに採用され人気を博したこともあって、フルーツ系スイーツの好きな人間やその仲買人から注目され、このキャンタロープ・メロンにとって、今までに無いビジネスチャンスとなっているらしい。

前述の理由で、空輸でも船便でも日本で入手可能なのは菓子材料向けの果汁やドライフルーツのような加工品のみ。しかしながら、もし国内で生鮮のキャンタロープが供給可能であれば、ブランドバリューは国内のあらゆるメロンを上回ると、実際に試食に来た大手フルーツパーラーの買い付け人が太鼓判を押していた。

既に北海道を中心に幾つかのメロン生産業者が国内での栽培を試みたが、気候や土壌の違いで失敗し、唯一根付き結実したのは、北海道とは異なる火山灰質の土を有し、冬季には極地並みの低温となるこの黒姫山だった。

元々キャンタロープはアメリカで安価に供給されているメロンで虫害にも強く、高級メロンのような絶え間ないケアと大規模な設備投資も不要のローコストな安定供給が可能。ただこの黒姫の気候と土があればいい。


話を黙って聞いていた桜井がスマホを操作し始めた。聞く気が無いのかそれとも、と思っていたら、桜井はある画面を表示させた。北米の大手会員制スーパーのショッピング画面。町田北部の小熊の自宅近くにも巨大な店舗があるが、年間会員費が高額のため入ったことは無い。

「キャンタロープなら何年か前から売ってるよ、ほら、南米産メロンの輸入規制が解除されたから、生のカットフルーツが通販で売ってる」

画面を一瞥《いちべつ》した生沢は、教師特有の噛んで含めるような口調で言った。

「それは改良種ね。日本での商品価値を上げるため皮が網目状になるように栽培し、他種との交配で追熟期も延びてる。うちで栽培しているのは原種。糖度も芳醇さも比べ物にならないわ」

桜井が軽く手を上げて話を中断させたことを詫《わ》びた。白く長い指と薄桃色のネイルが綺《き》麗《れい》な手を相手に向け、話の続きを促すと、話したくてたまらないらしき生沢は説明を再開する。

生沢によれば、もしも東京の高級フルーツパーラーで予定されている今回のプレゼンで良好な評価を得られれば、キャンタロープはこの集落だけでなく、黒姫山周辺に点在する集落全体の経済状況が大幅に好転する商品になりうる。

今まで富裕層を中心とした移住者からの税収と、自治体からの開発支援金で支えられていた集落も、いつまでも住民の高収入高額納税を維持できるとは限らない。他の地方集落より住民は若いが、歩みは遅くとも確実に高齢化は進んでいる。

ついこないだまで老人しか居ない他の自治体を笑っていた自分自身がいつのまにか何もしない日々に慣れ、余所者《よそもの》を嫌う前期高齢者になるくらいには。

それらの悪循環を断ち切るための産業創出は各集落で検討されていて、この集落が選んだのは日本のどこにも無いこの地の気候でしか育たないメロン。まだ弊害の多いソーラー発電業者に土地を切り売りして、土砂災害や水源汚染のリスクを負うよりずっといい。

それらの事情から、この丸一日で商品としての価値を失う可憐《かれん》な花のようなメロンを、銀座のフルーツパーラー本店でランチタイムに行われるというプレゼンまでに送り届けるためにバイク便のスピードが必要になる。

商品化に成功すれば大手運輸会社から専用車が運行されるらしいが、高地まで登坂し高級果実を積み、東京までの直行と新幹線による輸送の二系列輸送を行うのに必要なSUVベースの高級食材専用車は、長野県内の運輸会社にも数台しか無く、チャーターすれば多額の金が飛ぶ。


小熊たちにバイク輸送を依頼したのは、それらの費用を何とか自治体予算内に収めるためだが、距離相応の報酬に、僻地《へきち》や高額商品などにはオプション料金がつくバイク便、小熊と桜井には、一週間働き詰めでも稼げるかどうかという輸送費が提示されていて、内々にプレゼン成功時の報酬が約束されている。

生沢の長広舌を聞かされた小熊は、一つだけ要求した。

「商品の梱包《こんぽう》を自分の目で確認したい」

もう小熊も普段なら就寝している時間で、隣の桜井は既にうつらうつらして時々小熊の肩に頬《ほお》を預けて吐息を漏らしているが、これだけは翌朝の出発直前に確認していいものではない。

小熊も高級果実の急送は経験があった。静岡の高級メロンを都内のテレビ番組収録現場に送り届ける仕事。芸人が高級メロンを正拳突きで割るという企画に必要になったとかで、真っ二つになったメロンはスタッフと、現役女子高生のバイク便ライダーということで是非取材、撮影させて欲しいとスタッフに頼まれた小熊が美味しく頂き、数カットながら出演までする羽目になった。

県内に大きな栽培施設を備え、畑というより工場に近い環境で栽培した高級メロンのために果実業者が用意したのは、耐衝撃性と保温性を備えた何やらハイテクそうなＦＲＰ製の専用ボックスだった。小熊が興味を持って内部構造について色々聞いてみたところ、メロン農家のイメージにはやや似合わぬダークスーツ姿の社員は、「企業秘密」とだけ言って教えてくれなかった。

小熊の声を聞いた生沢は頷いて隣の実習室に消え、間もなくミカン箱ほどの大きさのジュラルミンケースを自慢げに持ってきた。

バックルを音たてて開き、蓋を開ける。小熊は横から箱の中身を覗《のぞ》き見た途端、笑いだした。

あの高級果実を取り扱っていた企業の専用ボックスほどの器材をこの集落に期待していたわけじゃない。せいぜい発泡スチロールのケースにプチプチの緩衝材と保冷剤が入っている程度のものだと思っていた。

月の石を地球まで運ぶのに使われ、現在ではアメリカ大統領が核ミサイル発射の特殊な通信ユニットを入れて常に携行しているというゼロハリバートンのジュラルミン製ケースの中に納まっていたのは、小熊が知る限り最も高価なものを運ぶ容器。

真っ白で上部が六〇年代のホンダF1を思わせる日の丸のペイントが施された、やや古びた球形のケース。

モータースポーツ用のフルフェイス・ヘルメットだった。

バイクに乗る時に頭部を守る道具で、バイク乗りの間で「ヘルメットの値段は守るものの値段」と言われている通り、幾つかあったヘルメットはいずれも四輪競技用ながらシンプソンの最高級グレード。

小熊と桜井が、自分の命を収める器。

(15) ベッドルーム

小熊はメロン収納ケースとして使われているヘルメットを手に取った。バイクに乗る人間が誰しも持ち慣れ、手に馴染《なじ》んだ重さと感触。

小熊はバイク用ヘルメットの保護具としての優秀性については身をもって知っていた。帽体に使われているシェルと呼ばれるＦＲＰ製の外装は、絶えずユーザーの命が懸かった製品改良と品質維持が行われ、形状もまたヘルメット着用時に事故に遭遇した時に、人間の頭蓋骨同様の球状という形を活《い》かして衝撃をかわし、緩和、拡散する研究が重ねられている。

それだけに小熊は、ヘルメットのもう一つの面についても知っていた。

「ヘルメットって、結構臭いですよ」

人間の皮膚に対し、比較論的に清潔といいかねる頭髪、意外と新陳代謝が活発な頭皮。夏にバイク便の仕事で丸一日走り回れば、ヘルメットの中が汗で濡《ぬ》れる。

小熊のヘルメットは幸い内装を外して洗えるタイプなので、通販で予備の内装を買ってこまめに洗っては取り換えていた。高校時代によく同級生の椎が小熊のヘルメットに顔を突っ込み、深呼吸して「臭くないです」と物足りない表情をしていたのを思い出す。続いてロングツーリングから帰ったばかりの礼子のヘルメットを嗅いだ椎は目を回してブっ倒れていたが。

それだけでなくヘルメット自体の臭いもある。工場で製造してからずっと帽体や内装材の樹脂は揮発し続け、揮発が落ち着いて硬化、劣化が始まる製造後三年から五年が、ヘルメットの寿命と言われている。

頭の臭いは自分で嗅げないので、小熊には臭いという実感は無いが、メロンにとっては致命的だろう。

自身の言葉を実証すべく、隣に居る桜井の肩を摑《つか》んで引き寄せ、頭を鷲摑《わしづか》みにして鼻から息を吸い込んだ。桜井の「ひゃっ！」と女の子みたいな声を上げる姿も、小声で「ばかっ」と言いながら白い肌を紅潮させ、小熊に嗅がれた髪を何度も撫《な》でている仕草も全然似合ってない。

やっぱり芳香が重要な意味を持つメロンに、女の髪の匂いを付加価値とするのは無理がある。

生沢はヘルメットを手に取った。底部とシールドの開口部分は不織布で覆われている。微《かす》かにメロンの香りがするところから、内部は密封状態ではなく、コーヒーやワインのように品質維持に必要な最小限の空気を通す状態らしい。

生沢が底部の不織布を剝《は》ぐ。辺りに濃厚なメロンの香りが広がる。人間の頭代わりにヘルメットの中に鎮座するメロンをそっと取り出すと、ヘルメット内部は丸々取り換えられていた。

淡い褐色の緩衝材。生沢の説明によるとキビガラ系の材料を使い、樹脂のように揮発物を発生させないらしい。その中にはバイク用のヘッドクーラーが入っていて中身を定温に保ち、一日持てばいい仕様の小さなリチウムバッテリーは、発熱がメロンや内装材に伝わらないように、フルフェイスヘルメットの顎の部分に設置され、断熱材で隔てられている。

ヘルメット自体も生沢がジャガーで——生沢はジャギュアと発音していた——出場していたクラブマンレースで使いこんだ品で、もう樹脂揮発の時期は終わってるらしい。

ヘルメット底部には液晶の画面があって、メロンの収穫時間と温度、出荷前に測定した糖度が表示されていた。

どうやらこの集落の住民は、このメロンの栽培と商品化に並々ならぬ熱意を注いでいて、小熊が考える程度のことはとっくに対策済みらしい。そしてその最後の工程を受け持つのが、小熊と桜井のライディングテクニック。

ヘルメットから取り出したメロンも、桜井と共に平らげる。半分はメロンの生ハム添え。これも本来はマスクメロンではなくこのキャンタロープ等のハネデュー系メロンを使うのがイタリアご当地流らしい。添えられた生ハムもこの集落の近隣にある別荘地の洞窟で熟成したもので、こちらは既に商品化済みで東京のデパートで結構な値をつけて売られている。

それゆえハムだけでなくメロンの供給に成功すれば、一つの完成した高利潤商品になる。残り半分のメロンに、この黒姫の地の蒸留所で作られたというリンゴのブランデーをふりかけて食べた後、眠気が差してきたので、生沢に今夜の宿へと案内して貰う。

この集落には今、宿泊施設の類が無いらしい。数ヶ月前までジュブナイル小説に出て来る冒険者の宿屋をイメージしたというヨーロッパ式パブと兼業の旅籠《はたご》があったらしいが、シチュエーションにリアリティを持たせるためどこかのドラゴンがサービスしてくれたのか落雷で半焼し、今は営業停止している。

小熊たちが招かれたのは、清潔でベッドのある場所。ここが学校だった頃に保健室として使われていた部屋だった。

　室内は一目で生沢の趣味で施したとわかる模様替えが行われていて、薬棚も、ステンレスの鉗子《かんし》やヘラがスタンドに立てられた保健医の机も、虫歯予防のポスターも無いが、壁にしみ込んだ消毒液の匂いはまだ残っている気がする。

　部屋の中にはカーテンで仕切られた二つのベッド。小熊も桜井も学生時代、保健室には怪我《けが》を消毒してもらう以外縁が無く、保健室のベッドの世話になった記憶は無かったが、つい最近まで小熊と桜井はバイク事故で入院し、これとよく似た病院のベッドで毎日寝て過ごす生活をしていた。

　懐かしいようなもう二度とゴメンと思うような複雑な感情を斟酌《しんしゃく》する暇など無さそうなので、今すぐベッドに沈み込みそうな桜井を引っ張るように校舎内を歩き、部活生徒に使われていたという、それにしては贅沢《ぜいたく》すぎる檜《ひのき》の風呂に入り、桜井の長いハニーブロンド髪をブローした後、生沢の用意した木綿のナイトガウンを着てベッドに入る。

　スマホでメールチェックをした後、明日の起床時間に目覚ましをセットし、なんとか生活の義務を終えたところで小熊は力尽きてスマホを放り出し、妙に艶っぽい桜井の寝息を聞きながら眠りに落ちた。

(16) 聖女

まだ夜が明けないうちに目覚めた。

保健室での一泊という珍しい体験の後、ベッドから出た小熊は真っ暗な廊下に出る。

桜井はもう起きていた。入院していた頃の共同生活の記憶でも、朝は妙に早起きだった気がする。


桜井がまだ暗闇の窓に向かって随分と簡略化した朝の礼拝をしているので、小熊はタオルや歯磨きセットを持って浴室に向かったところ、桜井が後ろから張りついてくる。

夜の校舎の真っ暗な廊下を一人で歩くのが怖いらしい。神職者にあるまじき事だと思ったが、きっと何か変なホラー映画でも見て影響を受けたんだろう。

小熊はといえばまだ人の雰囲気が残る昼間の学校より、清冽《せいれつ》な空気に満たされた夜の学校が好きだった。

きっと学校という場所は、一日中絶えない人の往来で溜《た》まった日常活動の匂いを一晩かけて浄化し、翌朝また新しい空気で生徒を受け入れる。

桜井と交代で雰囲気も木の香りも心地いい檜造りのシャワールームを使い、歯を磨いて保健室に戻った頃、生沢が朝食の支度が出来たと呼びに来た。

生沢が宿直室のダイニングテーブルに用意したのは、やっぱりというか英国式朝食だった。

半熟の卵二つと分厚いベーコン、缶詰じゃないらしき豆のトマトソース煮、銀のトーストスタンドに立てられた三角切りのトースト、自家製のマーマレードとバター、初めて見る鰊《にしん》の燻製《くんせい》。

小熊も桜井も食欲が落ちるほどには緊張していない。美味でボリュームのある朝食を堪能した後、イングリッシュ・ティーと夕べの余りらしきメロンをいただき、二人は席を立った。

「小熊さん、まだ出発には早いわよ」

小熊は予想より美味だった朝食の礼を伝えた後、生沢に答えた。

「出る前にもう一度バイクを点検します。それから荷物の積載は自分の手で行いたい」

桜井はもうメッシュベストに納まった装備を再確認していた。長らく着込み、革が彼女の体形に合わせて型付いたバンソンのレザージャケットに腕を通す。桜井のグリーンの瞳が、精緻にカットされたエメラルドのように輝きを増している。彼女はバイクに乗る前、いつもそんな目をする。

屋外灯に照らされた分校の軒下で、基本的に堅牢《けんろう》な構造でトラブルの起きにくいフュージョンの基本的な部分をチェックする。タイヤ、オイル、ブレーキや灯火、ボックスの固定、そしてそれらに異変が発生した時に必要なパンク修理キットや補修部品、タイラップやダクトテープ、車載工具。

純正じゃないアフターパーツをあちこちに付けた高出力な改造バイクゆえ小熊のフュージョンより少し手順が多い白いフュージョンを点検している桜井に話しかけた。

「聞き忘れたけど何でこの仕事を請けた？　今時のシスターはそんなに食うに困ってるの？」

桜井は作業の手を止めることなく答える。

「この辺りの地理に精通している人間としてあたしが選ばれ、浮谷ちゃんから直々に依頼を請けたんだ。それに今、あたしは金がいるんだよ」

清里の教会で結構な給与を頂戴している桜井が自分のように多額の借金を抱えていると
は聞かない。ヘンな男に貢いでるといった話も無いはず。そこで小熊はピンと来た。
「直すの？　NSRを」
桜井は少し顔を赤らめて頷《うなず》く。
「事故の補償金でパーツはだいぶ買い集めたんだ。でもそれじゃ足りない。本格的に修復
するなら金は飛んでく。事故前から調子悪かったとこまで全部直したいからな」
小熊は自分のカブや、同級生の春目のカブを修復した時のことを思い出した。壊れたパ
ーツを揃《そろ》えるだけならスマホと通販サイトとクレジットカードさえあれば家で寝っ転がっ
てても出来るが、実際の組付けや実走調整、それから修復業者に持ち込むような大掛かり
な作業にはそれなりの気力と行動が必要となり、当然金もかかる。
どうやら桜井はNSRの修復という作業で、寝たまま出来るような段階を過ぎ、体を起
こさなければいけない段階へと進もうとしているらしい。
小熊は病院での出来事を思い出した。あの時は事故で壊れたバイクを口だけで直す直す
と言って何もしない桜井に業を煮やし、病院の非常階段から突き落とそうとした。そこま

でされて桜井はやっと本音を打ち明けた。小熊は事故で抱いたバイクへの恐怖を打ち明けた桜井のため、歯車のトラウマを持つ彼女でも乗れるフュージョンを探して奔走させられたりもした。

「私が悪いのかな」

小熊は自分のやった事が悪事だとは微塵《みじん》も思っていないが、何か無駄なことをしてしまったかと思えてきた。

「何もかも小熊ちゃんのせいだ。あたしはあの時一度死んで生まれ変わった。人間そうなるとろくでもない事をやらかすって聖書にも書いてるだろ」

「フュージョンはもう好きじゃなくなった？」

ちょっと拗《す》ねたような声が出たのが自分でも意外だった。フュージョンではなくそれに乗らせた自分をないがしろにされたような気分になる。

浮谷が白いカラスと名付けた改造フュージョンは、ビッグスクーターの域を超えたような加速とコーナリング性能といい、意外と日常の用でも乗りやすく維持コストが安いところといい、ＮＳＲに劣ったバイクには思えない。事故で両足を骨折した桜井の乗り換えバイクとしては最良の選択だと思っていた。

「白いカラスはいいバイクだよ。カッコよくてどこでも行けて仕事にも使える。大好きでこれからずっと乗り続けたいと思っている。でもあたしにはNSRなんだ。好きとかそういうのじゃなく、いつかあたしが自分の命を終えた時、これに乗って三途《さんず》の川を渡ると誓ったのは、NSRだけなんだ」

小熊はなんだか口のうまい奴《やつ》に丸め込まれたような気分になった。

点検を終えた小熊は立ち上がり、桜井の横であぐらをかいて作業を手伝う。

「二つのバイクを一人で愛するなんて、どうしようも無い浮気ヤローだ、お前は」

桜井は小熊の胸に直接届き、心臓に悪戯《いたずら》をするような笑いを浮かべながら言った。

「だから神の使徒なんだ、あたしは」

黒姫のどこまでも澄んだ夜空が白み、やがて朝陽《あさひ》が桜井を金色に照らした。

(17) クルージング

バイクの準備が整った小熊と桜井は、メロンをヘルメット流用の保護ケースに梱包《こんぽう》する作業を行った。一応開梱《かいこん》時の注意点について農園の責任者に確認する。

小熊と桜井は見た目では一台につき二つのヘルメットを、二台のフュージョンに揃《そろ》いで付けられているＦＲＰ製の後部ボックスに収めた。無論積載作業を他人任せにはしない。

表面は使いこまれたバイク便業務用ボックスだが、この仕事のために内部が洗浄、滅菌され、普段はボックス内に常備している工具や緊急対応ツール、ゴム紐《ひも》や雑巾などはフュージョンの後部トランクに移している。

このフュージョン特有の広いがヘルメットを収めるほど奥行きの無い収納スペースは、予備収納、その中でもできれば低い位置に積みたい重量物の積載スペースとしてしばしば役立った。特に今回のように、後部ボックスには荷物以外何も積みたくない時に。

ケースに収納されたメロンについて農園の梱包責任者は、ボックスの中で跳ねても転がってぶつかっても中のメロンは損なわれないと請け合ったが、小熊は自身の判断で緩衝材を詰め込むことにした。

メロンが箱の中で暴れても無事だとしても、相応の重量のある二つのヘルメットが絶えず重心移動し、車体にラッシングベルトで締結されたボックスに衝撃を与えたら、乗ってるこっちが危ない。

それで転倒でもしたら仕事の荷物も自分の命も失うことになるし、そういう事態を避けるため小熊と桜井の二台体制で仕事に臨み、メロン二個を必要とするプレゼンに一台二個ずつ計四個のメロンを積んだが、それでリスクが二分の一に抑えられたとして、ゼロにはならない。

結局は自らの判断と慎重な行動、そして幸運を得る引きの強さが無いことには不幸な出来事を回避できない。

分校の保健室に戻った小熊と桜井は、夕べ使ったリネンのベッドシーツを剝《は》ぎ、ヘルメットを包み込むようにしてボックスに詰め込んだ。

この集落で手に入りうる限りの物ならば、下ろしたての客用のベッドシーツもあったが、新品の寝具特有の洗剤臭や、梱包パッケージの樹脂っぽい移り香が微《かす》かに残っている。匂いにデリケートな荷物だが、自分と桜井の髪と肌の香りなら他の匂いよりいくらかましだろう。

小熊と桜井はフュージョンのエンジンを始動し、ヘルメットとグローブを着ける。互いを見つめ合い、爪先から頭のてっぺんまでライディングギアに異変が無いか確かめる。

いつのまにか背後に集落のメロン栽培関係者が集まっていた。生沢が小熊と桜井の肩を抱き、教師特有のよく通る声で言う。

「気を付けてね、お願い、あなたはこの集落の救世主。あなたが居なくなれば、あなたが守ったここの人たちの暮らしも絶望と共に失われる」

出発前で人より道とバイクを相手に喋《しゃべ》る精神状態になっていた小熊は、最低限の言葉で答える。

「必要と思われる全ての事をしました。あとは結果をお楽しみに」

小熊よりいくらか外面《そとづら》のいい桜井も答える。

「我々は常に神と共にあります。皆さんにも祝福があらんことを」

桜井はこういう時にも自分の教会の営業活動に余念がない。

小熊と桜井はフュージョンに跨《また》がり、互いに視線を交わし合った後、集落から出発した。

集落と麓の黒姫駅を結ぶ県道は、往路同様に快適な走行環境だった。

地元に土地勘のある桜井が先行したが、昔は自転車で、後に小熊に言うのは憚《はばか》られる年齢からはバイクで何度も往復した桜井は、湧き水で道路が濡《ぬ》れている個所《かしょ》や舗装の荒れた場所をうまく避《よ》けながら、濃厚な緑のトンネルを走り降りていく。

路面はドライ・コンディションで霜による表面凍結も無い。当初小熊は夜明け前の出発を主張したが、桜井の助言で陽が出てからの出発にして正解だったようだ。


黒姫駅まで降りた小熊と桜井は、近隣の信濃町《しなのまち》インターから上信越自動車道に乗り、そのまま接続する中部横断道路経由で中央道に入った。高速クルージング性能が非常に良好なフュージョンのヘルメットに付けたインカムで、桜井と清里周辺の走り屋スポットについてお喋りしているうちに首都高四号線に入る。地図上の距離では関越に回ったほうが有利だったが、走り慣れた道のほうがリスクやストレスが低いと判断し中央道に回った。

首都高四号線に入ったあたりで通勤渋滞の時間になったが、少々の混雑程度で巡航速度には影響なく、三宅坂《みやけざか》で都心環状線に入る頃には車の数も落ち着いてきた。

環状線を周回中に、ホルダーのスマホが銀座最寄りの新富町インターの事故による緊急閉鎖を告げたが、当初から予定していた通り近隣の霞《かすみ》が関《せき》インターに回り、官庁街を抜けて銀座の街に入る。

ナビに従って荷物の届け先である高級フルーツパーラーの搬入口にフュージョンを乗りつけた。

時間はプレゼンの行われるランチタイムに充分な余裕のある、生沢流に言えば午前のお茶の時間。

何事もなく、何のトラブルも起きることなく、極めて快適に仕事を終えてしまった。

そうなるように計画し準備し、正しいことを確実に行った、当然の結果。

（18）陥穽《かんせい》

すでにバイク便の仕事で何度か経験し、あるいは伝え聞いたことだが、仕事が全て何事も大過なく無事に終わったと思った頃合いに、人の幸福追求のための活動を無事終わらせまいとする意地悪な悪魔が手ぐすねを引いて待ち構えていた、という話はよくあることらしい。

小熊と桜井はプレゼン会場であるフルーツパーラーの本社ビルにフュージョンを乗りつけ、待機していたパーラーの仕入れ責任者だというスーツ姿の男性にメロンが収まった専用ケースを引き渡した。

あとは小熊のタブレットに表示させた受け取り伝票にサインを貰《もら》って、依頼人である生沢に送れば小熊の仕事は終了する。それから直帰。仕事のために借りたフュージョンは、数日乗り回して後日返しに来てくれればいいと言われている。

仕事が終わったら何をしようか。とりあえず普段の小熊なら縁の無さそうな高級フルーツパーラーで、桜井と一緒に目玉商品だというパフェでも楽しもうかと思っていた時、フルーツパーラーの自社ビル上階から、スーツ姿の女性が駆け下りてきた。

今回のプレゼンでパーラー側の担当者を務めるというスーツ姿の女性は、律儀に名刺交換をした後で、小熊たちに現在起きている予想外の事態を告げた。

プレゼンを行うことが予定されている黒姫集落のメロン園関係者が居ない。

どういうことか小熊が尋ねたところ、小熊たちに先がけて新幹線でここに来ていた担当者が、つい先ほど腰椎の緊急的な症状、要するにギックリ腰で倒れたらしい。

小熊も身近な人間が突然ギックリ腰になる様を見たことがあったが、ああなると地面を這《は》うくらいしか出来なくなる。当然直立も不可能で、椅子に座っていることすら困難、言葉さえ覚束《おぼつか》なくなる。

幸いフルーツパーラー側にも過去に魔女の一撃と言われる激痛を経験したことのあるギックリ腰倶楽部《くらぶ》の加入者は少なからず居て、彼らの勧めで集落の関係者は断腸の思いで――実際に腸が断裂するほうがまだマシかもしれない――救急搬送された。

予想外の事故発生で社内はプレゼン中止といった空気になる。後日に仕切り直したところで現物とそれを扱う人間の安定した流通、連絡が最大の課題と思われていた長野からの直行便によるメロン供給は、そのシステム構築に無理があるという様を露呈してしまったため、新メニューとしての採用は望み薄。原産国のアメリカで食べたキャンタロープの味が忘れられず、この計画に並々ならぬ熱意を抱いていたパーラー側の担当者は、現物が既に充分な時間的余裕を以《もっ》て届いているという話を仕入れ担当者から聞き、この事態を打開する望みをかけて小熊たちのところにやってきた。

話は聞いたが、小熊としては請け負ったのは輸送の仕事。銀座のフルーツパーラーまでメロンを物理的に移動させれば仕事は終わりで、後は何の責任も無い。でも、ここでサインを貰い、続きの仕事をパーラーと黒姫の担当者に引き継いでさっさと帰れば、生沢が集落の再生と未来を賭けて相応の投資を行った黒姫集落での高級メロン栽培と、そのブランド品種化という夢は潰《つい》える。

一応スマホで生沢に連絡を取った。プレゼン責任者が救急車の中から息も絶え絶えで行った報告で事態を聞いていた生沢は、小熊にあるお願いをした。

小熊の顔を注視するパーラー担当者の表情を見るまでもなく、ここで起きている事態を把握した時点で、どういうお願いになるかはわかっていた。

小熊は生沢に一言「承知しました」と伝えると通話を切った。それから、先ほどの名刺によれば風戸裕美《かざとゆみ》という名らしいパーラー担当者に伝えた。

「私がプレゼンを行います」


それまでやり取りを見守っていた桜井がくすくすと笑いながら言った。

「全ては神の思《おぼ》し召《め》しって奴《やつ》よ。人間は敷かれたレールからは逃げられない。自分の名前が彫り込まれた弾丸が飛んで来たら、それで終《しま》いなんだ」

桜井があまりにも他人事《ひとごと》のように話すので、小熊は少し感情的になって反論した。

「銀座のど真ん中でメロンを売ることがお前の言うろくでもない神が与えた、私へのオーダーだっていうのか？」

まさにそういう仕事をしている風戸が聞こえよがしの咳《せき》をした。威圧というより可愛《かわい》らしさを感じる咳払い。悪魔の顔にも見えたが、神界の与党と野党に大した違いは無い。

桜井は神の使いそのものといった表情を浮かべた。邪悪で下卑で、人の運命を弄ぶ悪趣味な顔。

「違うよ」

桜井は指を伸ばし、小熊の右目とは僅かに色の違う、灰色がかった左目、その瞼《まぶた》にそっと触れた。

「救世主《メシア》になるべく生まれた者の定めだ」

(19) プレゼン

経緯はどうあれ仕事を請けてしまった以上、小熊は準備を開始した。

まずは黒姫に連絡を取り、本来の担当者からプレゼンのため用意した原稿と資料を送ってもらった。

バイク便業務用に貸与されたiPadに表示させたメロンの生産量や糖度、想定単価などの資料を選別してまとめ、黒姫の美しい風景や風光明媚《ふうこうめいび》な土地、なにより高級果実には重要な生産者の顔といった情報を、小熊のデバイスから桜井の端末に回す。


続いてプレゼン会場での質疑応答について、黒姫とのリモート通信でリアルタイムの対応を可能とすべく、専門的な質問にはすぐに生沢が回答できるように待機させ、ドングル型イヤホンで小熊と桜井に回答内容が届くようにした。ここまで可能でリモートによるプレゼンを生沢が自ら行うのは不可能なのかと思ったが、生沢にはこの逆境を好機に変えるろくでもない腹案があるらしい。

生沢は言っていた。瑞々《みずみず》しいフルーツを売るには、それに相応《ふさわ》しい人材というものがいる、と。生沢が考えていた案の最後のピースを埋めるのが小熊と桜井らしい。そういえば、当初プレゼンを任されていた村の人間も、十九歳になったばかりだという紅顔の美少年だった。

仕事を完遂させる意志というより、一種の諦念で動いた小熊は、少しでも面倒事の発生で仕事の手数を増やすリスクを減らすべく準備に励んだ。車バイク整備の業界で長らく語り継がれる、段取り八分仕事二分という言葉を思い出す。質問や発言の内容だけではなく、会場全体の空気が黒姫でも把握できるように、海外の警官が装着するボディカメラのように仕事用のスマホをベストの胸にダクトテープで固定し、プレゼン会場となる会議室の全景が見えるように、会議室の最後部に、業務用とは別に持っていた私物のスマホを設置した。

タブレットは何か質問があった時に黒姫から送られてきたデータをいつでもカンニングできるように、会場で借りたスタンディングデスクに置き、また口頭説明内容を画像かグラフで表示することを可能とすべく、会議室の大型モニターとリンクさせた。

無論、全てのデバイスは、それにトラブルが発生してもすぐ他の物でバックアップ可能なシステムを構築し、特に通信に関しては会議室と応接室、また屋外やキッチン内でも問題無いことを、社内Wi-Fiと電話回線の両方で確認し、黒姫側にもスマホとは別に、数ヶ月前の震災以後、災害対策用のため分校に常備されている衛星携帯電話を準備させた。

桜井はその間、ずっと黒姫の資料映像を眺めながらプレゼンの文案をぶつぶつ呟いていた。小熊が用意した資料より、スマホのカメラロールに保存していた自分自身の幼少期の画像を見ている。これればかりは小熊では代わりの利かない、その土地で生まれ育った人間にしか出来ない仕事。

フルーツパーラー側担当者の風戸は、小熊が応接室を占拠して行ったプレゼンの準備を積極的に手伝いつつ、小熊と桜井を興味深げに見ていた。田舎の農家と都会のビジネススタイルで取引していいんだろうかという不安感だけは払拭できたかもしれない。

小熊はパーラーの厨房《ちゅうぼう》に下り、プレゼンで提供される試食用メロンの準備を確認した。フルーツ鑑定の玄人といった雰囲気を宿した初老の仕入れ担当者が、カットされたフルーツを一切れ分けてくれる。張り詰めた気持ちをほぐす甘味《あまみ》が心地いい。小熊はメロンが並べられるテーブルに、中身を満たしたブランデーグラスを置いて薫りを発散させたほうがいいという助言をした。メロンに添えられた生ハムを一口食べる。そこらで買ったような塩味控えめの真空パックでなく、塩気と発酵臭がメロンに合う黒姫の山でじっくり熟成させたハムを、その場で削《そ》いで使ってる。合格。

ランチタイム後に予定されたプレゼンの開始時間が迫っていたが、緊張はしていなかった。すでに必要となる物々は揃えられていて、小熊はそれらを正しくワークさせるだけ。あるとすれば、高揚にも似た感情。

これから人間という不安定な物を相手に商売をすることを考えた時、ふと竹千代ならどうするか考えて頭を振った。物売りの仕事で生計を立てるのは小熊が望んだ自分自身の姿とは違う。それに竹千代ならば腐ったメロンでもエイジングメロンなどと口先ででっち上げて売りつけるだろう。

プレゼンが始まり、小熊は高級フルーツパーラーを始めとした数多くの高級メロンを求める人たちの前で商品説明を開始した。

プレゼンは滞りなく進んだ。買い付け対象のメロンに関する専門的な質問にも、リアルタイムで繋《つな》がった生沢から耳打ちされつつ、受け売りとは思わせない明瞭な回答を示し、ビジネスとしての収益や他品種に対する優位については、フローレンス・ナイチンゲールの再来の如《ごと》く私見私情の入る余地の無い理論とデータに基づいたグラフを図示し突きつけた。その合間に桜井が、このメロンを生んだ地の美しい風景を、文字通り神の目線で抒《じょ》情《じょうてき》的に説いて聞かせる。小熊が集落の住人が多くはビジネスマン経験のある移住者で、田舎特有のルーズさや金汚いところとは無縁な地だと補足し、桜井がそれを受けて集落の教会の綺麗《きれい》なところだけを映し、神父の好男子に見える角度だけを撮った画像を見せながら、集落の信仰深い村人たちについてアピールする。

地方集落特有の災害リスクについて聞かれた小熊は、この集落は先日の震災の時、震災発生後僅か半日、周辺の集落に数日先駆けて外部との通信と物資供給機能を回復させたと、自分が個人的に持っていた当時の新聞報道と、子供たちがお菓子を受け取る姿の画像を見せ、その災害救援を行った小熊自身の存在を隠しつつ説明した。

概《おおむ》ね良好な雰囲気のプレゼンで最後に質問が発せられた。寒波や台風などでメロンが壊滅的被害を受けた時の対応について。

質問を聞きしどろもどろな生沢に代わり小熊が答えた。

もし当集落のメロンが気象による被害を受けた時は、近隣集落で栽培されている同種のメロンが供給されることを説明し、言い添えた。

「当然不測の事態が起きえます。それは必ずしも商品価値を落とすものではありません。今日店に並んでる物が明日にはもう食べられないかもしれない、顧客はそういう物を見た時、いつか食べようと後回しにすることなく、向こうから店に飛び込んできます」

(20) 道の上で

概ね好意的な反応を得てプレゼンを終え、小熊たちは機材を片付けて撤収した。

仕事を終えて町田の自宅に直帰すべく、スマホで帰路の混雑状況を確認していたところ、今回の計画のパーラー側担当者を務めた風戸に呼び止められた。

風戸は深く頭を下げ、小熊と桜井によって急遽《きゅうきょ》行われたプレゼン代行に感謝の意を示したので、小熊も風戸の助力に対し礼を述べる。


学生が文化祭や生徒会あたりでやるゴッコ遊びでなく、契約外とはいえ成功報酬という形で金を貰《もら》う仕事として行った今回のプレゼンでは、自分は顧客が求める物を提供できたのか少し気になった。小熊が風戸の感謝の言に対し答えた。

「あれで良かったのか、少し迷っています」

もしかしたらもっと男性が好むような、外見だけ見れば長野黒姫の純朴な女学生という、いささか産地偽装気味な表現が似合わなくもない女子が、おらが村のメロンを訥々《とつとつ》と売り込むような感じのほうが良かったのではないか、といった内容を風戸に伝える。

風戸は小熊の言葉を聞いて一笑した。桜井も苦笑している。彼女は他者や顧客の評価など微塵《みじん》も気にしていない。桜井を評価できるのは、天におられる唯一の神のみ。

「ビジネスにそういう物を求めるような劣等な顧客を、当店は想定しておりません。我々が望んでいるのは相応の購買力を有した、選ばれたお客様に満足頂ける商品です。小熊さんと桜井さんのプレゼンは完璧でした」


小熊は頷き、風戸ともう一度握手を交わした。それから風戸は、こっちが本題とばかりに一枚の名刺を差し出した。さっき受け取った風戸の名刺とは別の人物の名が書かれていて、肩書は総務次長とある。

「弊社で人事を担当している者の連絡先です。今後何か困ったことがおありの折はいつでもご一報ください。特に就職活動の時は、あなたの能力に見合う仕事を用意させて頂きます。うちはしがない果物屋ですが、銀座では長らく商売をしていまして、この辺の商工会には多少の影響力があります。個人的には、私はこれからもこの仕事を続けるに当たって、あなたのような人の下で働きたい」

小熊は名刺を裏返した。手書きでこれからも小熊さんと長らくのお付き合いが出来る事を望んでいますと書かれ、名前と役職名が署名されていた。

横で同様の名刺を受け取った桜井を見ると、清貧な暮らしが求められるシスターの薄給に嫌気が差したのか、転職を考えてそうな顔をしていた。

結局そのまま帰るというわけにはいかず、半ば強引に引き留められた小熊と桜井は、一階の高級フルーツパーラーで、たった今試作品が出来たばかりだという新メニューを頂戴することになった。

普段は上客が来る時以外ずっと予約中の札が置いてあるという、銀座の町を見渡す特等席に落ち着く。革ジャンにメッシュベスト付きのアウタージャケットを着た姿の桜井を見て、他の客は「女優さん？」と囁《ささや》き合っている。

別の客が小熊たちの姿を盗み見しながら言った。

「絶対に女優かモデルかセレブリティよ、ほら、ボディガードも連れてる」

やがて二人の席に、メニューには載ってない特大のキャンタロープ・メロンパフェが届き、客の注目はそっちに移った。

キャンタロープの甘味に負けない濃厚なクリームと組み合わせ、加えられたブランデーの芳香がまた絶品のメロンパフェを二人で平らげながら、小熊は桜井とこれからの予定について話し合う。

主に桜井が、この仕事の報酬が入金されたら開始するＮＳＲ２５０の修復計画について一方的に喋《しゃべ》る。何もかも自分でやっていた今までの工程を見直し、北杜《ほくと》での入院生活がきっかけでコネの出来た武川町《むかわちょう》の溶接、アルミ修正の技術で定評のあるショップとの協力体制でレストアを実行するらしい。

小熊は思わず、それ私がカブを買った店だ！　と言いそうになったが黙っていた。エンジン組み立てか足回りの実走調整あたりのサポートで呼ばれたら面倒。それに、桜井はきっと店を見れば、自分と礼子がそこに居た痕跡に気づくだろう。

礼子が自作した専用工具や、小熊が店のＣＢＲでつけたドーナツ状のタイヤ跡が、まだあの店に残っている。

パフェの濃厚な甘味をしめくくる、苦みのさっぱりとしたフレンチ仕立てのコーヒーに満足した小熊と桜井は、会計をして店を出ようとしたところ、パティシエが席までやってきた。彼は自分にとって生涯をかけてきた恋人に等しいフルーツを、我が子のように扱ってくれたことに対し、やや芝居がかった感謝を述べる。

小熊と桜井がクレジットカードを出そうとすると、パティシエはそれを押しとどめる。

どうか我々を報恩の心を忘れた不人情者にしないでください。あなたがたはそれだけの事をしました。恩を受け止めるのは業を成し遂げた者の責務です。と、前職でオペラ歌手でもやっていたかのような口調で言う。そういえば、声も顔も往年のルチアーノ・パヴァロッティに似ていなくもない。

小熊としては自分たちが届けたメロンが製品になった物を、客として相応のフィーを払って味わいたかったところだが、この和製パヴァロッティにはなんだか抗《あらが》えない空気だったので、そのままネットバンク系のクレジットカードを収める。桜井もカードを今時珍しいカードクリップに戻した。海外での使い勝手が良いと言われている北米資本のカードで、旅行愛好者や外資系ビジネスマンの間では「出かける時は忘れずに」と言われているクレジットカードだが、色は小熊の知るペパーミントグリーンやゴールドではなくプラチナシルバー。きっとマジックで銀色に塗ったんだろう。

店を出てから搬入口に回り、小熊と桜井はフュージョンに乗る。先ほどの和製パヴァロッティを始め、何人かの社員が見送りに出てきた。小熊がもしここで働くことになったなら、そんな事する暇あったら自分の仕事をしろ！　とスパナでも投げつけたくなるような風景。

ヘルメットを被《かぶ》った小熊を抱きしめた風戸に言う。

「もし銀座で飢えて困ったら、ここに甘い物でもたかりに来ます」

風戸は小熊のヘルメットで覆われた耳元で言う。

「その時は食事も寝床も用意します。部屋は少し散らかってるけど景色がいいの……きっとあなたと見るともっと綺麗《きれい》……」

続いて桜井に、小熊の時より妙に熱意のこもった抱擁をする。

「いつか私に子供が生まれたら、どうか貴女《あなた》が洗礼名をつけてください」

桜井は自分では言葉よりも強い武器だと思っているらしきエメラルドグリーンの瞳で風戸を見つめながら言う。

「やめといたほうがいい。うちはアプリで人気の名前を調べるだけのボッタクリだ」

あまり長くなると出征前の万歳三唱でも始まってしまいそうなので、小熊と桜井はフュージョンを発進させた。

銀座の街をフュージョンで少し走った後、繁華街の中の空白地帯のように車の行き来の少ない官庁街を抜けて霞《かすみ》が関《せき》から首都高都心環状線に乗る。気まぐれに最短距離ではなく遠回りの外回りにフュージョンを滑り込ませた。桜井も嬉々《きき》としてついてくる。

主に業務に勤《いそ》しむ社名つきのバンやタクシー、それから黒塗り車でそれなりに混み合っていた首都高を、他車を縫いながら走っていると、ヘルメットのインカムから桜井の声が聞こえてきた。

「また小熊ちゃんと東京に来たいな、次は自分のバイクで」

桜井は現ナマが手に入る当てを得た時点で、もうNSRを直した気になっているらしい。

汐留《しおどめ》のスラロームを抜けると分岐が近づいてきた。小熊はこの先の谷町で東名高速直通の三号線に枝分かれし町田に帰る。桜井はそのすぐ先の三宅坂《みやけざか》で中央道へ向かい、清里へと帰る。

二人の分かれ道が近づいてきた。小熊は桜井に何と言おうか迷ったが、今は帰路の道順を考えていて頭が忙しかったので、一言だけ告げた。別のバイク、違う生活の場、そんな二人を分かつことなく繋ぎ続けるもの。

「道の上で、また会おう」

（21）幸せな夜

小熊は黒姫での仕事を終え、フュージョンで町田の自宅に帰った。

とりあえず無事仕事を完遂し、相応の現金が振り込まれることが約束されているので、今夜はちょっと贅沢《ぜいたく》な夜を過ごすことにした。

色々な食べ物が頭の中をぐるぐると駆け回る。それほど仰々しい物ではなく、おそらく冷凍食品の類だろうけど、家に帰って台所であれこれと作業することなく、レンジで温めるだけで食事を始められること自体が御馳走《ごちそう》になる。

幾つもの冷凍食品を買いこんで家に帰る時と、帰宅後それを広げる時のワクワクした気持ちは何物にも代えがたい。自分はあまり舌が肥えてないんだろう。

とりあえず町田に引っ越してから幾つか見つけた、安く品揃《しなぞろ》えのいいスーパーで、冷凍食品を見繕いつつ卵やパンのような日常の消耗品なども買い足そう。そしてもう一つ買うものがある。御馳走を用意する特別な夜には欠かせない、無糖の炭酸水。

高校時代の夏に礼子のログハウスで飲んで以来、夕食に合わせるのは炭酸水と決めている。お茶は食事の後にコーヒーか紅茶を淹《い》れるので、出来れば食中には飲みたくない。ビールやワインは、バイクでの行動を制約する物なので口にするのは気に入らない。水というのも水分補給という機能には不自由無いが、彩りも華やかさも無い必要最低限の物のみを摂取して生きていくと、すでに経験したことの繰り返しだけで構成された人生はあっという間に終わってしまう気がする。

やはり山梨に居た時から、特別な時に開けると決めている富士ミネラルウォーターのスパークリングウォーターがいいだろう。小熊も普段は近場のスーパーで酒の割り材として売っている、人工的に二酸化炭素を添加した炭酸水を飲んでいるが、富士ミネラルの発泡水は常に冷蔵庫に何本か置いてあって、少し前から小熊の家によく来るようになった大学で小熊が仮所属しているサークルの知人、竹千代と春目が手をつけようものなら、即座に鉄拳を飛ばす。ただし今は、金欠を自覚したこともあって買い控え、冷蔵庫から切らしていた。

安価な炭酸水も嫌いというわけでなく、自宅で炭酸水を作れるソーダサイフォンをキッチンに導入しようと思ったが、値段が高い。それに、サイフォンを買えばきっとそれだけになってしまう。特別な炭酸水が特別な物でなくなってしまう。それに値段が高い。

小熊が大学進学と同時に町田に住まいを移した時、この富士ミネラルの天然水を買える場所を押さえることを最優先に属する行動の一つとしていた。

他の優先課題だったホンダの純正部品が買える部品屋と、特殊用途の電工部材や高強度区分のネジ類が買えるホームセンターについてはあっさり見つかったが、この発泡水に関しては少々時間がかかり、置いてない物は無いように見える南大沢駅前のデパート群でも見つからなかった炭酸水は、町田南部にある閑静な住宅街の高級スーパーでやっと見つけた。

無論その商品はネット通販で買えるが、注文すれば明日届く物は今日飲みたい時に間に合わない。特に今夜のように、このスパークリングウォーターと共に過ごすと決めた夜には。


何やら凝ったパンやワインやチーズ、それから自然食品が並んでいる高級スーパーは、行くたびにライディングウェア姿で富裕な主婦が多い客の中に入っていくのは腰が引ける思いだったが、最近になってある程度慣れてきた。

こっちは明確な目的を持ち、ここでしか買えない物を買いに来ていて、ついさっきまで公共の用に貢献する仕事をしていた。特に今日の仕事では、あんたらみたいな連中のお口を満足させる高級メロンのために走り回っていた。

　自転車、バイク兼用と表示が出ているが、オートバイの類が一台も駐《と》まっていない駐輪場にフュージョンを押し込み、ＢＭＷやボルボ、レクサスやメルセデスの並ぶ駐車場を抜けて店内に入る。夕方近くなった店は、小熊の思った通りそういう車に乗って夕飯の買い物に来る類の人たちで混みあっていた。

　一応愛想よく挨拶してくれる店員と、バイク便の恰好《かっこう》をした小熊を動物園の檻《おり》から逃げ出してきた生き物を見るような目で見る客の間を早歩きで抜けて、店舗奥の飲料コーナーまで直行した。

　いつも通り七〇〇ｍｌのガラス瓶六本が入った段ボール箱を抱えて、早々に会計を済ませ店を出ようとした小熊は、別の買い物の用を思い出した。冷凍食品も買わなくてはいけない。

　当然ここで売っているような高級スーパーオリジナルブランドの冷凍食品など値段からして問題外だが、果たしていつも買っている大衆的なスーパーの大手食品メーカー製冷凍食品と何が違うのか。

もし中身はまるっきり同じで、高級なパッケージをつけただけで何倍もの値段がついていたなら、小熊はスーパーでも起業しようと思った。

どちらにせよ見るだけはタダと思い、ミネラルウォーターの箱を片手で抱えて冷凍食品の棚を眺めた。並んでいる冷凍食品は、小熊の予想を裏切り食材からして廉価な冷凍食品とは別物だった。この産地指定やブランド肉使用という表示が本当なら、の話だが。


とりあえず見る物は見たので、この何とも居心地よろしくない空間からさっさと退散して、早く我が家の台所のように安心できる業務用安売りスーパーに行こうと思っていた小熊は、冷凍食品棚の隅で見慣れない物を見つけた。

手に取ってみると厚めの月刊漫画雑誌くらいのサイズの紙箱。表面に書かれた商品名はハングリー・マンというらしく、箱に写真プリントされた商品画像によると、三つに仕切られた樹脂製のトレーに、人工っぽいスペアリブとミックスベジタブル、デザートらしきダークチェリーのムースが入ってる。

棚にあった色違いの別のハングリーマンを手に取る。こっちはターキーハムと茹《ゆ》でたグリンピース、そしてチョコブラウニー。

小熊はアメリカンスタイルの生活を愛好する椎の母親から、こういう冷凍食品の話を聞いたことがある。これはＴＶディナーという奴《やつ》だ。主食と副菜とデザートが一つのトレーに納まり、電子レンジに入れてスイッチを入れるだけで、ＴＶを見ているうちに夕食が出来上がる。椎の母にどんな味かと尋ねたところ、ジム・ジャームッシュの映画『ストレンジャー・ザン・パラダイス』を見るのが一番わかりやすい、とだけ言った。

小熊は衝動的に二箱のＴＶディナーをミネラルウォーターの箱に載せた。そのままレジに向かう。

会計したところ、先ほどの選択をいささか後悔したくなる値段が小熊のクレジットカードから決済された。

自分が何故《なぜ》このような事をしたのかはわからない。ただ、いつも食べている冷凍食品で得られる物とは異なる新奇な経験は、その差額より価値があるんじゃないかと思った。

それに、この日本で随分高値をつけられたＴＶディナーを、それが生産された国で日常的に食べてるような奴らは、きっとこの場違いな店で疎外感を覚えている自分と同類なんじゃないかと思った。

思わぬ衝動買いに少々気疲れしたのか、結局その後はどこにも寄ることなく自宅に帰った。

一応は後日返却する預かり物ということで、フュージョンを盗難防止のため庭に置いたカエル色のコンテナに入れて施錠し、ボックスから取り出した帰路の買い物を持って家に入る。

時刻はもう夕方。明暗に反応し夜になると自動的に点灯する玄関灯に照らされた、元都営住宅の木造平屋にはやや分不相応の玄関ドアを開け、室内に入る。

ラジオを付けて普段より大き目の音量でメンデルスゾーンを流した。騒音で苦情が来るような近所の家は無い。

とりあえず説明書通りなら三十分解凍加熱しなくてはいけないというハングリー・マンをレンジに入れ、冷凍庫から取り出した買い置きのクラッシュアイスを洗面台に空けて、スパークリングウォーターの瓶を氷の中に突っ込む。こうすると冷蔵庫より岩盤の下の地下水に近い、ちょうどいい冷え具合になる。

ライディングウェアを脱ぎ捨ててシャワーを浴びる。長くバイクで走った後に湯船で長風呂すると、気温差で体調が悪くなることがある。風呂はシャワーと食事で体がほどよく温まった後、ゆっくり入ることにした。

シャワーを短めに切り上げ、部屋着のベトナム雑貨店で買った黒いパジャマを身に着けた小熊は、この家をリフォームする時に一番金をかけた檜材《ひのきざい》のバーカウンターにクロスを敷き、レンジから取り出したハングリー・マンとファイヤーキングのグラスを置いた。本来の目的は計量カップだが、グラスの質と唇の感触が最高にいい一〇〇〇ccグラスに、氷から取り出したスパークリングウォーターを注ぐ。好きな動画を選《よ》り取り見取りで見られるように、バーカウンターに置いたタブレットスタンドにiPadをセットする。

都合一泊二日で、特に何の窮《きゅう》地も無く終わった仕事にここまでの癒《いや》しを求める自分は、毎日定時であくせく働くのに向かないのかもしれない。でも、仕事をするならばこれくらいの達成感が欲しい。

小熊の幸せな夜が始まる。

(22) 休日

ハングリー・マン二個とスパークリングウォーターで幸せな満腹感を味わい、食事を終えた頃に湯を張り終えた風呂に入った小熊は、そのうち電話でも入れるかと思っていた礼子と、風呂の中に持ち込んだiPadで映したTV番組で思いがけず再会することとなった。

アジア一人旅をする女子ということで礼子が取材されていたが、よく見てみるとタイ一人旅ツアーというわけのわからない物に参加していて、番組もその旅行代理店がスポンサーになっている半宣伝番組。

インタビュー映像ではバンコクをカブで走るという夢を叶《かな》えるため、高校時代バイトを重ね積み立てた金で参加したと、男から見ればノーメイクと勘違いしそうだが女の目で見ると入念なナチュラルメイクが施された礼子が、よそ行きの笑顔で答えている。見ている小熊は嘘《うそ》つけ旅費は全部親頼みだろ、と横から頭を張り倒したい気分になった。

礼子は出発前に、アジア旅行の初心者がよく行くバンコクのカオサンは冒険の初歩で、最終的にはダカールの砂漠をカブで横断し、今はもう別の国に舞台を変えたダカールラリーの無念を叶えたいと言っていた。

競技エントリー規則が緩かった時代のダカールラリーでは、ベスパやホンダのモトクロス原付が参加してリザルトを残しているが、カブはまだ記録に残っている完走実績が無い。

とりあえず今の礼子は、旅費の足しになるギャラ稼ぎに余念がないらしい。

何とも奇妙な気持ちで入浴を終えた小熊は寝室に向かい、畳の香りのする和室仕立ての部屋に敷かれた真新しい布団に入り、快適な眠りについた。

ラジオが流す旧《ふる》い教会で録音したというソルフェジオ音楽で爽快に目覚めた翌朝。どのメーカーの物を買っても同じ味のする日本の冷凍食品の形式に依《よ》らない、アメリカ製冷凍ワンプレートディナーの余韻が、部屋と口中に残っている気がする。また贅沢《ぜいたく》したい気分になった時は、再びあの居心地悪いスーパーで高値を払ってもいい気分になるくらいの美味だった。添えられたデザートを除けば、の話だが。

あのデザートは不味《まず》いというより、食べ方に困るというのが小熊の感想だった。レンジで熱く加熱されネバネバに軟化したムースやブラウニーを、食後のデザートといえば冷たい物という先入観のあった小熊は、どう受け入れていいのか迷った。もしかしてあのトレイをハサミで切り離し、デザートは解凍だけして冷たいままで食べたほうが美味《うま》かったのではないか。とりあえずもう一度あのハングリー・マンを買う理由が出来た。その時の自分が相応に羽振り良ければ、の話だが。

四枚切りの食パンにバナナとピーナツバター。それから厚切りのベーコンをじっくり焼いた物を挟み、ベーコンから出た脂でホットサンドにした小熊は、それを愛好していた人物の名からエルヴィス・サンドと呼ばれている分厚いサンドイッチとハーブソルトを振ったトマト二個で朝食を済ませた。

黒姫でも昨晩もそれなりに贅沢したのにハイカロリーな朝食を選んだのは、礼子がカオサンで毎日食べてると聞くバックパッカーの常食、バナナパンケーキの影響かもしれない。デニム上下にライディングジャケットを身につける。女子大生が毎日同じ服じゃ見栄えがしないが、これから行くところには高校の時と同じような姿で行きたくなる理由があった。

仕事明けの翌日、大学の単位にはまだ充分な余裕が残っているので、今日は休日にすると決めていたが、今日の予定を決めたのは夕べ風呂の中で受け取ったＬＩＮＥのメッセージ。

自分がタブレットで礼子のことばかり見ているのをどこかで監視しているかのようなメッセージは、高校時代のカブ仲間、恵庭《えにわ》椎から。

明日小熊の家の近隣にあるフットサルパークで試合があるので、見に来てほしい。

特に断る理由も無く、緑山にある試合会場もフュージョンを飛ばせば十分かそこらなので、休日の昼間をフットサル見物で過ごすことにした。

小熊は昨日の仕事を終えて以来、次の仕事やバイトは決まっていない。高校の時に比べ随分時間に余裕のある講義の予定しか果たすべき義務は無く、サークルに関しても一応出入りしているところがあるが、わざわざ好んで行きたがるような場所でも無い。

何もない。道に迷ったような状態。道を聞くのはカーナビだけじゃない。

椎と話せば、スマホのナビほどではないにせよ何かのヒントが得られるかもしれない。

(23) フットサル

低い山々が連なる武蔵野《むさしの》の丘陵地を宅地開発した町田市。

その中でもさほど高くない、自転車ならウォーキングよりいくらかましなエクササイズが出来る程度の勾配を登った先、丘陵の頂に位置する場所に、椎が試合を行うフットサルパークがあった。

町田と横浜が複雑な境界を構成する中に川崎市の飛び地があるという場所は、風致地区に指定されていることもあって周囲は山野で囲まれていて、すぐ隣にはやはり自然を多く残す都内キー局のドラマ、バラエティ撮影スタジオがある。

小熊の住む町田市北部からはバイクで十分少々の距離で、小熊にとっては普段カブで買い物に行く生活圏の範囲内。事実目の前を通る幹線道路を少し走った先には、水曜日に魚が安くなるのでよく行っているスーパーがある。

小熊が借り物のフュージョンを試合会場に乗りつけると、もう試合は始まっていた。

会場は人工芝が張られた二面だけのグラウンドと、周囲の僅かなスペース、プレハブのクラブハウスが柵で囲まれただけの簡素なフットサル場で、フェンス周囲の駐車場が閉鎖されて観戦スペースになっているらしい。席の類は無い立ち見。

フュージョンを正面入り口脇の二輪駐車場らしき場所に駐《と》めた。幾つか並ぶバイクや原付の中に、水色のリトルカブが駐まっている。

生産終了からまだ間もないこともあってリトルカブは珍しい原付ではないが、後部に付けられた帆布のジップトートバッグの中に容量一杯のプラコンテナを押し込んだリアボックスで、椎のリトルカブだとわかる。

椎は以前小熊の家に遊びに来た時、このボックスはフットサルのボールとジャージやスパイクが入れられるので便利だと言っていたのを思い出した。

フェンス周囲には結構な数の観客が居た。家を出る前にスマホで下調べしたが、今日の対戦相手は同じ女子フットサルチームながら、芸能事務所によって運営されている女優や声優、アイドルのフットサルチームで、ＴＶスタジオの隣地にあるこのコートがホームグラウンドになっているらしい。対するのは一応お嬢さま大学と言われている椎の女子チーム。

多くは男性、それも暗い服を着た人間の多い観客の中に分け入るのは気が引けたので、フュージョンのシートに横座りしたまま試合観戦をする。観客は相手チームのファンが大半を占めていて、椎が近場の知り合いに声をかけまくって観戦に誘った訳がよくわかる。

フィールドを見るとウェアを着た女子たちがボールを追っていた。その中から椎を見つけるのは難しくない。身長一四〇ｃｍに満たない、陽《ひ》に当たると水色がかって見える髪の少女。向こうも小熊に気づいたらしく、緑色のアウェイ用ゲームウェアを着た椎が愛想よく笑って両手を振る。小熊も胸の前で軽く手を振った。

椎はどうやらフットサルではアラと呼ばれるミッドフィルダーをやっているらしい。フィールドの隅から隅まで、すばしっこい齧歯類《げっしるい》のように駆け回り、ピヴォと呼ばれるセンターフォワードにボールを送っている。

ピヴォの子は中背より少し背の高い少女だった。欧州の赤毛っぽい癖っ毛でなかなか整った容姿をしているが、得点力はそんなに無いらしく、アラから送られたボールをしばしばシュートミスしている。

椎の逆側、右アラを務める子は、こっちのほうがピヴォ向きに見える黒髪長身のクールビューティで、フットサル、あるいはサッカーの経験は豊富らしく動きがいい。

ただ、ミッドフィルダーの仕事を忘れてしばしばゴール前の攻防戦に参加していて、ピヴォにボールを送る時も相手を吹っ飛ばす勢いのパスを放ち、しばしばボールが直近を掠《かす》めた相手選手が悲鳴を上げている。

ピヴォの赤毛の子は、彼女を負傷退場にでもさせたいかのような右アラの豪速パスを、地面に足を這《は》わせたりうまく蹴り上げたりする柔軟な足運びで受けるが、なかなか得点にはつながらない。

後衛を受け持つフィクソの子は金髪碧眼《へきがん》の女子で、長身の黒髪アラと比べても背が高く、たまに椎と並んで走っていると大人と子供にしか見えない。

フィールドのボールを拾うのは北杜《ほくと》の自転車通学で鍛え、走力に優れた椎に任せてディフェンスに徹してるらしいが、他のメンバーに積極的に声をかける司令塔役、チームのムードメーカーになっているらしい。

ゴレイロと呼ばれるゴールキーパーの子は不思議な少女だった。髪も肌も、瞳まで色素の薄い小柄な少女だが、見た目通り生命力に乏しく、チームが攻撃をしている時は立ったまま死んでいるのではないかと思うほど微動だにしない。ゴールキープに動く時も体や四肢の動きがことごとく直線を描いていて、動線としては最短距離だが筋肉骨格構造的にはおかしい動き。それでいて反応は信じられないほど速く、試合開始以来一点も得点を許していない。

双方無得点、一点でも取れば試合の趨勢《すうせい》が決する雰囲気で、観客は盛り上がっていた。相手チームの女優や声優がいいプレイをするたび野太い歓声が響き、椎のチームのプレイにもアイドルイベントのマナーとして充分なリスペクトの籠ったエールが送られている。

ハーフタイムを挟んで後半の試合、小柄な体で誰よりも忙しく走っている椎の動きがやや鈍ってきた。視線が落ち、スピードは維持しつつもフィールドの荒れを見落として足を躓《つまず》かせることが多くなる。

小熊はフュージョンを降り、フェンス際に歩み寄った。椎が近くを通ったタイミングで声を張り上げる。

「カブみたいに走れ！」

椎は小熊のほうを見なかった。視線を上げ空を見る。何かを思い出すような瞳をしている。

椎の走りが少し変わる。顎を上げて走路の先まで見るようになる。椎は今、陸上の中距離選手並みのスピードでフィールドを駆けているが、リトルカブに乗っている時はもっと速いスピードで公道を走っていた。道の先々まで見ていないと道路上で生き残れない。周囲からチャージやスライディングで執拗《しつよう》にボールを奪おうとする対戦相手も、カブに乗っていた頃の、道路上で他車の位置と動きを素早く計算しながら、背中に目がついているような注意力を維持して走ることに比べれば何ほどの物でもない。呼吸を整えてスタミナを管理すれば、ガソリンだって持ちこたえてくれる。全て椎がリトルカブに乗るようになってから、自らの経験で学んだもの。

走りの安定を取り戻した椎のプレイでボールは中継ぎの右アラに送られる。相手チームのディフェンスが追い付かず赤毛のピヴォまでのフィールドはクリア。そこで黒髪のアラは小熊が見ても致命的だとわかるようなミスをした。

それほど離れてないピヴォへ全力のパス。明らかに頭部を狙ってる。緩いロングパスならヘディングやトラッピングで受けることが出来たところだが、この高さの速球を受ける方法はフットサルにも、サッカーにさえ無い。

ここはピヴォが頭を吹っ飛ばされて、双方無得点のまま試合終了かな、と思い、勝ち星を拾えずお葬式状態の椎たちに会うよりは、と帰り支度を始めた小熊の目に、赤毛のピヴォが凄《すご》い笑みを浮かべるのが見えた。

それまではとろんとした印象だったつぶらな瞳を鋭く細めた赤毛の少女は、その場で鹿のように飛び上がって両手を地面につき、足を空に持ち上げる。逆立ちした格好になったピヴォはそのまま足を振り回し、右アラのパスボールを足に絡める。周囲のディフェンスプレイヤーは、今までの対戦や試合映像では見たこともないプレイに対処が思いつかず固まっている。赤毛のピヴォはそのままパチンコ台の風車のように足を回し、剛球パスの勢いを保ったままボールをゴールへと送った。


小熊は今の動きを動画で見たことがある。フットサルでもサッカーでもない、南米の旅行記で見たブラジルの足技を中心とした格闘技、カポエイラの動き。

小熊はこのシュート力のさほど無い赤毛の少女が、ピヴォの役を務めている理由がわかった気がした。それからなぜどう見てもピヴォ向き、それもかなり気が強そうな右アラの子がおそらくは渋々ながら今のポジションについているのか、椎がフィールドのどこに転がったボールだろうと必ず拾ってピヴォに送り届けようとする理由も。プレイスタイルの大きく異なる左右のアラに共通しているのは、赤毛のピヴォの得点力に絶対的な信頼を置いていることだった。

雑誌モデルをしているという相手チームのゴレイロが長い手足を蜘蛛《くも》のように広げて守り、今まで主に赤毛のピヴォのシュート力不足のせいで難攻不落だったゴールにボールが突き刺さった。一瞬時間が止まり、得点のホイッスルが吹かれると同時に、駐車場を埋め尽くした相手チームのファンと、疎《まば》らに居た椎のチームのファンが、声を合わせて歓声を上げた。

結局そのシュートが決定打になったのか、双方チーム共にスタミナ切れで動きが鈍くなり、惰性でボールを回してるうちに試合終了。

１‐０で椎のチームが勝利した。

(24) リトルカブ

試合会場が歓声で包まれる中、椎たちは相手チームと握手を交わした。

対戦した芸能人フットサルチームには取材陣、というほどではないながら数人の記者がスマホを持って取り付いていて、インタビューをしている。

近年はスマホのカメラとレコーダーで放送、雑誌掲載に堪えるクオリティの映像や音声が録《と》れるので、本職の人間もしばしばスマホを使っている。

好プレイのみならずビジュアルもなかなかな椎のチームにも記者が寄って来たが、黒髪の右アラが立ちふさがりマスコミ関係者をシャットアウトしていた。


小熊はフェンスの一部がドア状になった出入口から会場内に入り、チームに近づいた。

やはり目の前に立ちふさがった黒髪長身のアラの横から椎が飛び出し、小熊の手を取る。

「わたしの大切な人なんです」

試合中の奔走でまだ汗を垂れ流し息を荒くしている椎の横で、汗ひとつかいてない右アラの女が、小熊から視線を切らぬまま下がる。

椎はそのまま小熊の手を引いてプレハブの裏手に回る。ヒューっと囃《はや》し立てる女子クラブの雰囲気が小熊は少し苦手だった。

汗に濡《ぬ》れた椎は小熊に抱きついてきた。

「来てくれてありがとうございます！　おかげで勝てました」

小熊は椎の体を引きはがして言う。小熊が頭を押さえると椎の手足は小熊に届かない。

「私は特に何もしていない」

椎はプレハブ裏に置いてあった丸椅子に腰かけ、小熊用の椅子を出す。このフットサルパークは勝手知ったる場所らしい。

「どうですか？　大学は」

スポーツボトルの水を喉を鳴らして飲んでいる椎に小熊は答える。

「何も無し。講堂のイスに座ってるだけで単位が貰《もら》える。私じゃなく私の尻が大学の椅子を磨きに行ってるようなもんだ」

椎は小熊を見て、それから小熊がここまで乗ってきたフュージョンに視線を投げてから言った。

「そうじゃなくて〜、何か面白いことは見つけましたか？　きっと小熊さんのことですから、また何人もの人を救ってるんじゃないかって」

　昨日まで従事していたメロン輸送の話をしようとしてやめた。いま目の前で見せられた、椎が夢中になっていることに比べどれほどの価値があるというのか。

「それもなかなか見つからない」


　椎は首をかしげて小熊の目を覗《のぞ》き込んだ。小熊が目を逸《そ》らすと、椎はまたスポーツボトルの水を飲み、最後の雫《しずく》を舌で受けている。空のボトルを振りながら言った。

「何か飲み物を買ってきてもらえますか？　わたしがいつも小熊さんの話ばかりするから、皆も小熊さんに会いたがってます」

　椎は試合中グラウンドの端にあるベンチに置いていたウエストポーチを手に取ると、ポーチの中を探って水色のキーホルダーがついた鍵を放り投げた。

　立ち上がった椎はプレハブの裏手から顔を出し、表に集まって試合後の休憩をしているメンバーに声をかけた。

「みんなーわたしの小熊さんが奢《おご》ってくれるって言ってるので、何飲みたいー？」

　どうやら小熊と椎の仲を妙に誤解し、聞き耳を立ててたらしきメンバーが答える。

「カイピリーニャ！　レモン多めで砂糖抜き」

「プロテインだ、プロテインは全てを解決する、ラズベリー味で」

「冷やし飴買うてきてくれへんかー」

「……森の水……人の手を経ていない清浄な……」

椎は小熊を振り向いて言った。

「お茶五本で」

一〇〇mほど先の交差点を曲がってすぐのところにスーパーがあるというので、小熊はフェンスの外に出て、フュージョンから取り出したヘルメットを被《かぶ》り、椎のリトルカブに跨《またが》った。

キーを回しセルボタンを押して始動させる。試乗や貸し出し車で電子制御のカブに乗ったことは何度かあるが、旧型の車体とエンジンにフューエル・インジェクションを積んだ椎のリトルカブに乗るのは初めてだった。

始動やアイドリングは少し勝手が違ったが、走り出してみると今まで乗っていたカブと乗り方は変わらなかった。小熊のカブと同じカブ、仕事用のフュージョンに乗っている間、ずっと欠乏を覚えていたカブの感触。

カブを使うより歩いたほうが早そうな場所にあったスーパーで、自分の分も入れて六本のコーラを買ってグラウンドに戻る。

往復で五分に満たない時間カブに乗っただけで、振動や感触が小熊の体の中で何度も反響した。


小熊がコーラを奢ってあげたところ、椎のチームメイト四人は現金なことに友好的になり、小熊に色々な質問をしてくる。

病欠した修学旅行に参加したいあまり皆の乗るバスをカブを飛ばして追いかけ、執念で旅館の前でバスに追いついたのは本当か？　とか、長野の地震で孤立集落を救うためにシベリアより寒い山道を踏破したって本当？　など。

椎がこの子たちに何を吹き込んだのか知らないがデタラメもいいとこ。修学旅行の件は病欠による不意の休日を利用した私的な鎌倉ツーリングで、修学旅行の積立金を払ってる身として飯を食べに旅館に寄り、ついでに教師がそうしろと勧めるから風呂に入り泊まっただけ。カブでバスを追い抜いてしまわないようにあちこちで時間を潰し適当に走っていたが結局旅館近くでバスを追い抜いてしまった。黒姫の孤立集落救援は、スマホがお節介にも山道の気温と強風を観測してくれたが、あの山道と同等の気象状況の場所を調べたところ、該当したのは北極のスピッツベルゲン島だけだった。

椎は五人のチームのうちの一人。他のチームメイトより幾らか常識人に近いメンバーといった感じで、曲者揃《くせものぞろ》いの女子たちをよく纏《まと》めている。椎の好きな事や将来の夢は、高校時代と大学進学後で随分変わったが、椎の今やりたい事は明らかで、彼女は今まさに全力で走っている。そこに一点の曇りも無い。

プレハブのドアが開き、中から対戦チームのメンバーが出てきた。

「更衣室空きましたー」

さっき入ったと思ったらもう私服に着替えてるのはさすが芸能人といったところ。椎とチームメイトが一斉に立ち上がる。椎は小熊の胸に額を当てて言った。

「じゃあ着替えるまで待っててください。今日も小熊さんのお家《うち》にお泊りしたいです」

覚えてる限り椎が小熊の家に泊まったのは、礼子も一緒に行った卒業旅行の東京ツーリングの時だけだが、椎のチームメイトに加え、以前からフットサル仲間として顔を見知ってるらしき対戦相手のチームまでキャーっと声を上げる。プレイ中は少年のようにフィールドを走り回り、女っぽさには結びつかない印象だったらしき椎の、他の人間に見せたことのない表情が意外だったらしい。

小熊は椎の襟首を摑《つか》んで引き離しながら言った。

「いや、もう帰るよ。用が出来た」

椎は口を尖《とが》らせながら言う。

「わたしより大事なものに会いに行くんですね？　やっぱり小熊さんは高校の時から全然変わらない」

フュージョンのところまで見送りにきた椎に、小熊は聞いてみた。

「何で私をリトルカブに乗せてくれたの？」

椎は当たり前のことを何で聞く？　といったような不思議な顔をしながら答えた。

「何かに迷っているみたいだったから。小熊さんはそんな時いつも、カブに乗れば答えを出す」

椎は小熊自身が思ってるより、小熊のことをお見通しのようだった。遠くに行くためじゃない。何かを運ぶためじゃない。小熊がカブに乗る最大の理由までわかっている。

小熊と椎のやりとりを赤毛のピヴォや金髪のフィクソ、黒髪の右アラが苦笑してフェンス越しに覗《のぞ》き見している。色の薄いゴレイロは無表情。どうやら尽くしても報われないというのは、皆が見慣れた椎の姿らしい。

小熊は皆に別れを告げ、そのままフュージョンで家にも寄らず中央道に乗って甲府昭和に直行した。

バイク便事務所では、貸し出したフュージョンを小熊が当分乗り回すと思っていた浮谷が、予想外に早い返却に驚いていた。小熊はフュージョンを浮谷に返し、幾つかエンジンや足回りのセッティングについてアドバイスして、事務所に預けていたカブを受け取る。

それから浮谷に言った。

「以前社長に聞いたお話、詳しく聞かせて貰えませんか？」

それは小熊の高校卒業前。東京への引っ越しを間近に控え、ここの所属を離れる少し前に浮谷のところまで送られてきた、東京都府中を拠点に活動するバイク便事務所からの移籍オファー。

小熊に、是非わが社の所属ライダーとしてご助力願いたいという話。

(25) 国立府中

町田市北部にある小熊の自宅から、尾根幹線道路と鎌倉街道を経由してカブで二十分弱。通勤の距離としては近すぎず遠すぎない場所に、小熊が訪問の約束を交わした社屋はあった。

大学から野猿街道を経て行けばもう少し近いかもしれない。どっちにせよ、これ以上遠いと通勤が負担になり、近いと会社の人間と生活圏が被る。

中央自動車道の国立府中インターを間近に抱えた、都下におけるトラック物流の拠点には、食品会社や製本業、通販会社などの倉庫が連なっていた。

以前働いていた甲府昭和のバイク便会社のあった辺りに雰囲気は似ていなくも無いと思ったが、小熊の目の前にあるのはトタン鋼板のガレージ兼用社屋ではなく、白い鉄筋コンクリートの大きな箱。

近辺に並ぶ他の倉庫と異なり、窓が幾らか多いことでオフィスビルとしての機能も有していることがわかる。塀で囲まれた敷地にカブを乗り入れると、入り口の表示があるガラス戸が見つかったので、脇にある従業員用らしき駐輪場にカブを駐車し、ガラス戸を開けて中に入る。

ガラス戸の脇にあった守衛室の窓口でスマホに表示された社長からのアポイントのメール画面を見せたところ、退役軍人を思わせる筋骨逞《たくま》しい胡麻《ごま》塩頭の男性が、内線電話で確認を取った後、社長室は二階の突き当りにある部屋だと教えてくれた。

守衛はエレベーターの位置も教えてくれたが、横に階段があったのでそっちで行っても構わないかと確認し、問題ないとの事だったので、そちらに歩を進める。小熊が出入りしていたサークルの部長、竹千代は必ずそうしていた。耳と肌の感覚を駆使して、ここが自分にとって危険な場所でないことを慎重に確かめるにはそのほうがいいらしい。

二階に上がり、埃《ほこり》ひとつ落ちていない廊下を歩いて突き当りに達した小熊は、社長室のネームプレートが付いたドアをノックした。

清潔でシステマチックな社内の雰囲気に対し、自分なりのビジネススタイルを示すべく、成人男子が顎に食らったらそのまま膝から崩れ落ちるくらいの強さ、つまり宅配業者のノックよりやや弱い力で拳を当てたところ、中から「どうぞ」という声が聞こえてくる。

氷がひび割れる音が聞こえた気がした。

ドアを開けて中に入ると、畳一枚半はありそうな横長の馬鹿でかい机を挟んで、この運送会社の社長だという女が座っていた。

背後の窓からは中央道の国立府中インターを一望できる。美景ながら騒音に悩まされそうと思いきや、防音ガラスらしく喧噪《けんそう》は微《かす》かに聞こえるのみ。幾つかのモニターが置かれたデスクの向こうで、社長が立ち上がった。

外見から小熊が抱いた感想は、声の印象と同様に冷たいという言葉しか思い浮かばなかった。背は小熊よりだいぶ低く雪のように白いパンツスーツ姿。色素が薄い瞳と髪、何より笑顔というものがひとかけらも浮かんでいない。社長の姿を見た小熊は、温度調整されたオフィスの中に白く冷たい雪が降ったような気がした。

小熊はいつもビジネスで面会する人にそうするように、握手の挨拶をしようとした。人間の基礎体力と意志力を測るには、手をがっちりと握り合うのが最も確かな方法。

社長は微かに首を傾《かし》げ、小熊の差し出した手を不思議そうに見た後、ひとつ頷いて手を出し、小熊と握手した。彼女のことは少しわかった。まず掌《てのひら》は新雪に手を突っ込んだように冷たいこと。

続いて社長は最初からデスクの上に用意していた名刺を差し出した。小熊も少し迷ったが、浮谷の会社が作ってくれた名刺を出す。もう会社の所属からは離れたが、浮谷とはまだ先日の仕事のような、契約の無い暗黙の了解による提携関係は続いているらしく、浮谷は今でも名刺は切らしてない？　とＬＩＮＥを送ってくる。

社長から受け取った役所のように無味乾燥な名刺を見た。名前は葦裳聡《あしもさと》という名前らしい。

それから、小熊にとって予想外な、驚愕《きょうがく》とも言っていい出来事が起きた。

葦裳という名の社長は、名刺を一瞥《いちべつ》して小熊のフルネームを淀《よど》みなく読み上げた。難読な小熊の苗字《みょうじ》、小熊が教えることなく正しい読み方で読んだ人間は今まで片手の指で数えられるほどしか居ない。

少々気圧《けお》された小熊は、相手が自分の苗字を読めなかった時の決まり文句「小熊で構いません」と返すしか無かった。

葦裳社長は先ほど握手の手を差し出した時のように微かに首を傾げ、黒みが薄く褐色がかった瞳で小熊を見つめる。小熊は人間が生身で生きられぬ雪山の中で狐《きつね》や鹿と遭遇し、何故《なぜ》ヒトがここに来る？　といった表情で見つめられたことを思い出した。

もうこの社長には、自らの曾祖父《そうそふ》が婿入りした曾祖母の家系、アイルランドの血筋を示す苗字を呼ばせてもいいかなと思った頃、社長はヘーゼルブラウンの瞳で小熊を見つめながら言った。

「小熊さん」

また、耳に雪が降った。

(26) 雪

葦裳という、雪のように白くて冷たい社長は、デスク越しに小熊を見た後、自分の隣の席を掌で示した。

小熊はこんな人物を映画で見たことがあった。八〇年代くらいのハリウッド映画に、しばしば悪玉として出て来るソ連軍の大佐。当時の顧客がそうあってほしいと望んだのか、彼らは判で押したように冷たく抜け目なく、そして悪辣だった。

「我が社の業務について資料を交えてご説明します。こちらへお座りください」

葦裳社長は浮谷なら気心知れた関係からか椅子を指差す仕草一つで済ませるような伝達を、全て口頭で説明しながら行う。明瞭でわかりやすく、誤解や曲解を挟む余地を与えない。声からは何の感情も窺《うかが》えなかった。

通常は入社面接といえば、デスクを挟んで向かい合わせに話し合うものだと思っていた小熊は少し迷った。まさか昼下がりの社長室でこの雪のように冷たく、おそらくは出会う男性にも同じ印象を抱かれるであろう女社長に、特別なサービスを強いられるのではないかと。

小熊は一瞬、部屋を見回した。十二畳ほどある部屋は、畳を横に一枚半並べたくらいの馬鹿でかいスチールのデスクとPCがあるだけで、私物らしき物が何一つ見当たらない。つまりとっさに摑んで武器に使えるような物は、木のハンガーどころかボールペンすら見当たらない。背後の窓は一階の天井が高いからか、通常の建物の三階分の高さはある。陸自の第一空挺《くうてい》団なら生身で飛び降りられるところだが、あいにく小熊は降下訓練の類を受けたことが無いので、ガラスを破って飛び降りれば最近やっと骨が繫《つな》がった足がまた折れるかもしれない。事故による骨折入院を終えて退院した直後に再び事故を起こし骨折した桜井の二の舞になる。


つまり逃げられず抗《あらが》えない状況。相手が違うタイプの人間ならば奇妙な場所に着席させられる真意を問いただしたくなるところだが、小熊は結局一瞬考えた後、素直に細長いデスクを回り込み、言いなりに着席した。

この雪のように白い女は握手をした時の握力から察するに、小熊の力で押さえ込むくらいの事は出来そうだし問題無いだろう。その冷たさに凍死させられなければ、の話だが、雪の怖さとその美しさについては、東京の人間よりは知っている。

座り心地がやや硬く寛《くつろ》ぐには辛《つら》いが、体を自然にオフィスワークに適した位置に保持してくれるカイパー・レカロの椅子に小熊は腰かけた。同じモデルの椅子に着席した社長はモニターの一つを示しながら説明を開始する。業務用ＰＣにありがちな、モニター周囲に貼られた雑多なメモパッドは一つも見当たらない。覚え書きの不要なタイプの人間なんだろう。

「我々の業務は、法人および個人の依頼による小口荷物を、オートバイやハンドキャリーによる輸送で、通常の宅配会社より短時間でお届けすることです」

いちいち説明されずとも、甲府昭和でやっていた仕事と同じ内容。ただ浮谷が小熊に依頼する仕事は、しばしば普通のバイク便ライダーには出来ない仕事という但し書きがつく。小熊はここでもそれくらいのレベルの仕事と相応の報酬を望んでいて、今さら凡百のライダーにも出来るような仕事をさせるのならば、この会社と経営者は自分のビジネスパートナーとして不適格と判断しようと思っていた。

葦裳社長は一切無駄の無い口調で説明を続ける。

「仕事の受注範囲は東京都下およびその隣接県の一部、武蔵野《むさしの》と呼ばれる地域になります」

葦裳は続いて東京都の地図をディスプレイに表示させた。小熊の暮らす町田を含んだ東京西部の市部。二十三区は範囲外なのか、表示された地図は世田谷区や大田区の一部だけで途絶えている。

小熊は山梨から町田に転居してまだ日は浅いが、暇さえあればカブで走り回っているので、武蔵野の道路にある程度の土地勘はあった。主要な街道さえ覚えれば問題無く仕事をこなせそう。幹線道路の間を網の目のように埋める間道や生活道路については、カーナビの機能を併用すれば問題ないだろう。

具体的な仕事内容の話に移る前に、小熊は自分がバイク便の仕事をするに当たり、最も重要なことを聞いた。

横に座る葦裳に視線で質問の許可を求める。葦裳がまた首を微かに傾げる。意味がわからないのではなく、視線で伝えた意志に言葉による保証が無ければ動かない人間であることがわかってきた。

「一つ、確認したいことがあります。以降の説明を理解し、質問にお答えする前に前提となる情報が必要となります」

葦裳は僅かに頷き、それで充分なのにわざわざ言葉で伝えてきた。

「お伺いしましょう」

小熊はこの人と人との間における情報や感情の伝達に独自のプロトコルを有した女社長に興味を持ち始めた。一応確認すべきことは聞いておく。

「私は何に乗るんですか？　御社から貸与して頂くオートバイの車種を教えてください」

葦裳は頷き、マウスを手にすると無駄の無い仕草で画像ファイルを表示させた。それを見た小熊は即答する。

「これでは駄目です」

小熊の目の前に映されたのは、一台のカブ。

小熊の乗っているスーパーカブと同系統の最新モデル。

ホンダ・ハンターカブＣＴ１２５だった。

(27) P.A.S.S

小熊がここに来る前に自宅で行った下調べによると、この運送会社の社名はP.A.S.Sと言うらしい。

何かの頭文字になっているらしいが、それが何なのか忘れた。小熊にはこの会社のWEBサイトのほうが興味深かった。

従業員がアットホームな雰囲気の中で働いている姿の画像も無く、朗らかに客先とコミュニケーションを交わしている姿も無し。ただ会社の所在地と業務内容、受注時の参考単価と従業員の給与システムが、明快に書かれている。ここに発注、就職したいと思った時に必要となる情報への迅速なアクセスが可能で、少しでも専門性の高い用語には必ず注釈が付き、表示を不必要に重くするくだらない動画も無い。

少なくとも小熊が今まで色々な企業のサイトやパンフレットで見せられた、社長のにこやかな肖像写真の無い企業案内は初めて見た。浮谷でさえ自社のサイトには七五三のようなお澄ましした顔を載せていて、桜井の教会では所属するシスター達の美貌《かお》と、体形を強調する夏用修道服姿のナイスバディを、我が教会の商品見本だとばかりに自慢げに掲載している。

後に実際に会社を訪問し、社長と面会してその人となりの一端を知ると、なるほどと頷《うなず》ける内容だったが、だからこそ小熊には今のうちに明らかにしておかなくてはならない事があった。

「ハンターカブはバイク便の仕事に使えません。私は同じエンジンのＣ１２５に乗ったことがあって、非常に優れたバイクですが、致命的な欠陥がある」

葦裳は苛立《いらだ》ちも好奇心も窺えない、入力に対する適切な返答を機械が選択したような声で言った。

「その欠陥とは何ですか？」

この明瞭で簡明直截《ちょくさい》ながらバイクのこと、特に実地で運用した時に起こりうる事をどれだけ知っているのかわからない社長に、小熊は即答した。

「原付二種は高速道路、自動車専用道路を走行できません」

葦裳はまた機械的な応対をする。

「弊社の業務内容とその範囲に於《お》いて、バイクで高速道路に乗る状況はほぼ発生しません。

車両の維持運用コストおよび、従事可能な免許所持者の多さなど、総合的な要素から原付二種による運用が最善と判断しました」

小熊は首を振った。この雪のように冷たい社長はバイク便の現場をどれほどわかっているのか。武蔵野の地図が表示されたディスプレイに触れる。小熊はディスプレイ横のホルダーからタッチペンを勝手に抜き取り、地図の中の一点を指した。どこでも良かったが、土地勘があって説明容易な町田北部を指す。続いて都内の適当な場所を指した。二十三区の端。何度か行ったことのある二子玉川。

「もしもこの町田で荷物を受領し、この二子玉川に届ける仕事を請けたとします。一般道で行くのは可能ですが、東名高速道路を使用すれば十分は短縮できます。時間の問題だけでなく、複数の選択肢があるのは重要です。原付二種では、いくらコストカットして料金や給与をダンピングしても、競合する他社には到底勝てないでしょう。普通二輪との混合運用が必要です」

葦裳は手を伸ばし、キーボードで幾つかの操作をした。Googleあたりのネット地図同様に、経路を表示する機能があるらしい。ディスプレイに表示された経路と時間は、ほぼ小熊の言う通りの内容になっていた。高速利用でおおむね四十五分。昼間のそれなりに交通量のある一般道利用で五十五分。二子玉川に住んでいる椎ならば、多摩川の浅瀬をリトルカブで突破してもう少し早く来るかもしれない。

それから葦裳は、更にキーを押した。芝居がかった仕草でエンターキーを叩くような真《ま》似《ね》はしない。旧日本軍では銃の引き金の絞り方を「闇夜に霜が降るように」と教えたらしいが、小熊にはキーボードに雪が降っている様が見えた気がした。

バイク、車関連の主要アプリなら大概知っている小熊でも見たことの無い、雪の結晶のようなアイコンがマウスクリックより速いキーボード操作で起動した。ディスプレイ全体が一瞬、白く覆われる。小熊はこのディスプレイに表示されるであろう葦裳社長の返答に被《かぶ》せるように言う。

「私はこの会社の雰囲気に好感を抱いております。もし社長さえよろしければ私のコネの範囲で二五〇ｃｃのバイクをリースしてきます。それで業務を行わせて頂ければ」

小熊の身勝手な発言が終わるのを待った後、社長がディスプレイを手で示しながら言った。

「これをご覧ください」

先ほどまで表示されていたバイクで一般道を走行する時の最適な経路が、色もルートも異なった表示になっていた。

町田から多摩川沿いに走る一般道のルートから、まっすぐ南下して田園都市線の長津田駅に達するルート。そこで経路表示の色は青から黄色に変わっていて、線路上に描かれたルートは二子玉川駅まで延びている。駅を降りれば、椎の住んでいる低層マンションまで徒歩三分。

到達時間は、バイクで高速を飛ばすより十分早い三十五分。急行を利用すれば、更に短縮される。

表示を見て何となく察した小熊に、葦裳はいちいち説明する。

「仮に町田市北部の総合斎場付近で荷物を受領した場合、弊社のバイク輸送員は田園都市線の最寄駅、長津田駅まで荷物を輸送します。それから長津田駅で弊社のハンドキャリー輸送員に荷物をパスして、鉄道で輸送先最寄り駅まで移動し、到着したら弊社のバイク輸送員、および提携している輸送社の自転車輸送員にパスします」

長津田駅からは、更に小熊の家に近いこどもの国駅まで第三セクターのこどもの国線が延びているが、半ば観光電車のためダイヤは疎《まば》らで、こどもの国駅から長津田駅ならばカブのほうが速いことを小熊自ら確かめている。つまり、この謎のアプリは公共機関特有の待ち時間等によるロスも考慮した上で数値を計算、表示している。

社長の説明した方法は小熊も知っていた。社を跨《また》いだ複数の運び屋で連携しながら荷物を輸送する方式。社によって縄張りの異なる自転車便などでは、このような荷物のリレーはよく見かける。ただ小熊が以前居た山梨ではほとんど行われていなかった。小熊は町田から二子玉川への輸送を例に挙げたが、都心部への輸送ならば、地下鉄と車ほどでないにせよ道路状況の制約を受けるバイクとの時間差は明らかだろう。その連携方式がうまく機能すれば、の話だが。

小熊はもう一度地図を見た。小熊が中型バイクの有利を挙げる根拠としている高速道路は、武蔵野を横断する中央道と、端っこを通る東名高速の二本のみ。一方鉄道路線は東西に横断する複数のルートがあり、それに比し少ないながら南北に縦断する鉄道やモノレールもある。一方小熊が働いていた山梨では鉄道路線は四本しか無い。それでも東京で暮らしていると家や職場から駅までの道は徒歩やバスで結構時間を食うが、その時間をバイクで短縮するという運用方法は、急送という最重要の目的を考えれば最も効率的かもしれない。もしも鉄道輸送を行うハンドキャリー要員との連携が困難と予想される時は、受注不可と判断して仕事を請けず、最初から切り捨てるほうが効率がいいし、連携のトラブルで輸送事故が発生した時は、会社あるいは社が加入している保険会社が補償金を払ったほうがトータルコストは安くあがる。

この社長が会社をP.A.S.Sと名付けたのはこのためだと思った。

何か考えれば考えるほど自分よりこの社長の方式が正しいことがわかる。正論と雪は空から降ってくるが、事実と積もった雪は道の先々で待っている。世の定めがそうであるように、白く冷たい雪からは逃れられない。小熊は社長に負けを認めた。

「私の認識が誤っていたようです。あなたの方法が最も合理的です」

やはり葦裳の仕草や口調からは、勝ち誇ったり説明疲れしたような仕草は一切見られない。再びキーボードを雪が降るように操作し、ディスプレイに次の説明内容を表示させる。

「こちらが雇用契約書になります」

葦裳から契約書の文面、内容について一切の誤魔化《ごまか》しや騙《だま》しの無い律儀な説明が行われた。その間、葦裳は何も飲まず何も食していない。デスクにはマグカップすら無かった。

小熊は目の前の真っ白な社長が呼吸や鼓動をしているのか気になった。不意に白い雪を口に押し込み、口中で溶かしたくなった。

説明を終えた後、華裳は小熊に問うた。

「今、契約書に捺印《なついん》なさいますか？」

ハンコを押す形式でない電子書類の契約書と、生体認証による捺印。小熊は認印を常にベストのポケットに入れていて、指紋認証を行う指も二十本ほど持ち合わせていたが、一応形だけ少し考えるふりをした後、返答した。

「明日まで待ってもらえますか？」

華裳は歯医者の予約か何かのように「承知しました」と答える。ここで華裳が契約者に不利な内容が相手に見つかる前にハンコを急《せ》くような人間なら、小熊はもっと早く席を蹴って退出している。

「明日、今日の面会と同じ時間、十二時にここで回答を聞かせて頂きます」

小熊は頷き、それで充分だと思ったが、わざわざ「了解しました。明日正午に御社をご訪問させて頂きます」と口頭で確認した。

この社長の癖が少し伝染《うつ》ったのかもしれない。

(28) 麦芽ミルク

面接を終えた小熊は、カブで自宅へと向かう帰路の途中、大学に寄った。

今日は特に受けるべき講義は無いが、学生課で受領しなくてはいけない何通かの書類があった。

こういう物こそLINEで送って欲しい、役所はとっくにそうしていると思いながら、だからこそバイク便という仕事があるのかと納得した。

バイク便で世をひっくり返す物を送り届ける事はそうそう無い。大多数はこのようなつまらない荷物のお届けで日銭を稼ぐ。小熊は先ほどの面接で葦裳から聞いた話を思い出した。この書類も、大学から小熊の家に急遽《きゆうきよ》送らなくてはならない時が来たならば、バイク便に依頼するより大学からバスに乗ってバス停から徒歩で家まで届けに来たほうがリスクもコストも低いのではないか。無論スピードなら路線バスなど問題にならぬほどバイクのほうが速いが。

結局のところ小熊の見てる前では何一つ摂取しなかった葦裳は、小熊にもコーヒー一杯すら出さなかったので、どこかのカフェにでも寄ろうと思ったが、こっちは求職中の身、そう気軽に外食するのは気が引けた。黒姫の仕事で結構な額を稼いだが、振り込まれるのは後日。だからといってコンビニコーヒーも物足りない。自分の侘《わび》しさを実感させられて、単価の安い低レベルな仕事に飛びついてしまうかもしれない。

あれこれ考えた結果、迷った時は折衷案という経験則上最善の結果をもたらすことの多い選択に従って、大学裏手にあるカフェテリア学食に向かった。

大学の中央棟の一階を占め、学生や職員の腹を廉価に満たす共済食堂とは別に作られた、木目調の店内が温かみのある雰囲気を醸し出す小ぢんまりした学食。昼下がりのこの時間ならそんなに混んでないだろう。

小熊が店に入ると、講義を終えた学生や職員でそれなりに席は埋まっていたが、外の風景を一望するカウンターに空席があった。端の席に落ち着き、随分と待たされた後、黄色いプリントドレスにエプロン姿の店員がやってきた。

先日竹千代とここでランチを食べた時、小熊と竹千代の、見る人によっては仲がいいと見えなくもない様を目撃して以来、随分小熊のことを嫌ってるらしき店員に麦芽ミルクのチョコレート味をラージグラスで注文する。

タブレットに小熊のオーダーを入力した店員は、小熊をジロリと睨《にら》んだ後に歩き去る。もしかしてこの店員は、そういう表情をしているほうが作り笑顔より魅力的かもしれない。

一体どこまで麦芽やカカオを収穫しに行ってるのかと思うほど待たされた後、注文の品が届く。店員はカウンターに麦芽ミルクをドンと置き、タブレットからプリントアウトされた伝票を目の前に置くと、まったく言行一致していない「ごゆっくり」の声と共に歩き去る。


きっとここは二度と来たくなくなる店じゃなく、遠く離れた地に旅に出た時に、彼女の無愛想さが懐かしくなる類の場所だな、と思い、立派な尻を振りながら歩く店員の後ろ姿を眺めながらグラスの中身を口にした。途端に変な半固体が喉に飛び込んできてむせる。粉末のインスタントらしき麦芽ミルクはろくに攪拌《かくはん》していなかったらしく、底に溶けかけの粉が残っていた。こんな店二度と来るか、と思った。

グラスに添えられた普段は使うことの少ないストローで麦芽ミルクをかきまぜながら飲

む。小熊はこのカフェテリアを選んだのは、大学に行く用はあったが、出来れば大学で鉢合わせしたくない人間が居たから。その人間はお茶を飲む用でこの店には来ない。ブレハブの部室で部員にお茶を淹《い》れさせているか、共済食堂でセルフ無料の麦茶でも飲んでいるだろう。

「隣、いいかな？」

そう、この女。

小熊に接近の気配を全く感じさせず、カウンターの隣席に竹千代が音も無く腰かけた。いつもと同じような黒いロングドレス姿。素材は違っていて、今日はインドネシア風のバディックと呼ばれる複雑な模様が染め抜かれた木綿地。どこから盗んできたのか。それとも死体でも掘り起こして剝《は》いできたのか。

先ほどの店員がインラインスケートでも履いてるのかと思うほどの速さで擦り寄ってきた。竹千代は小熊のグラスを掌《てのひら》で示して店員に言う。

「これのバニラ味を、淹れ方はいつも通りで」

店員は先ほどとは別人のような満面の笑みを浮かべて注文を受け、最優先でオーダーを通すべくセミオープンのキッチンへと早歩きしていった。自分との接客の違いについては不快な気分はしなかった。あの仏頂面は私だけの物と思えば悪くない。

まるで店内に麦畑とバニラビーンズの木があるんじゃないかってくらいの速さで、竹千代の注文した品は届いた。一口飲んで竹千代が頷《うなず》くと、店員は胸の前で銀盆を抱きながら恥じらうような笑みを見せ、「追加の注文がありましたらいつでもどうぞ」と言った。小熊には相変わらず値踏みするような視線を向けた後、名残惜しそうに歩き去る。

何か話す前に竹千代は麦芽ミルクをもう一口飲んだ。小熊は出来ればその何かを聞きたくなかったが、竹千代は何も言うべき事が無い時に接近してくることは無い。

ラージグラスを手で弄んでいた竹千代は、彼女の持つ最大の武器である言葉を小熊に狙い撃つ機会を窺《うかが》ってるように見えたが、不意に小熊のグラスを見て指先で弾《はじ》いた。

「それ、混ぜたのかい？」

小熊が意味を測りかねて竹千代の顔を見ると、竹千代は小熊のグラスをまた指先で弾きながら言った。

「モルトミルクはね、全て混ぜずに溶けかけを残すほうが美味《うま》いんだ。私はいつもそう淹れさせている」

小熊は視線を感じて振り向いた。ずっと小熊を見ていたらしき先ほどの店員と目が合う。黄色いプリントドレスに似合う赤毛に、小柄でやや丸っこい体形の店員は、プイっと横を向いて小走りに歩き去った。

髪色が映ったのか、耳が少し赤かった。

（29）ちゃんと生きる

それが竹千代が相手の心理的なガードを壊す時の常套手段《じょうとうしゅだん》なのか、彼女はいきなり本題を切り出した。

「黒姫での仕事、お疲れ様だったね。噂《うわさ》は私も聞き及んでいるよ」

誠実な応対で相手から信頼を得るのではなく、相手に抗《あらが》う気を失わせる話し方。この底知れぬ女の掌の上から脱するには、会話の主導権を取り戻さないといけない。

「あんたがフルーツや甘味《かんみ》を嗜《たしな》んでいるのは意外だ」


小熊の知る限り竹千代がスイーツを自ら好んで求めている姿は見たことが無い。ただ、そのフルーツに高価格高利潤という彼女の大好物が添えられているなら話は別。今度あの店に行った時に、この女が店に来たら、メロンパフェに一万円札を刻んでふりかけたら大喜びすると教えてやろうと思った。

竹千代がまたしても人をからかうような返答をする前に、最初の言葉に対する返答だけは済ませた。

「いい稼ぎにはなった」

小熊はそれだけ言って、残り少なくなったチョコレート味の麦芽ミルクの最後の一口を飲む。味も食感も均一的で、意外性や風味の変化が無い。竹千代がそうしているように濁りや沈殿を残し、混ぜないまま飲んだほうが良かったのかと思った。椎がエスプレッソは底に溶け残った砂糖を最後に味わうのがご当地流だと言っていたのを思い出す。

「今日の面接はどうだったかい？　それは小熊君のお眼鏡に適《かな》う仕事だったのか」

少なくともこの女には聞かれたくない問いだと思った。竹千代はどこにも雇われず誰にも使われることなく、彼女の才覚と能力を頼りに金銭を得ている。小熊はそうなりたくてもなれなかった。ならなかったと言うべきか。黒姫での仕事は間違いなく小熊にしか出来ない事だった。そして今はあの葦裳という社長の下で働く事について、決断を迷っている。

小熊は空のグラスを押しやった。伝票を手に取ろうとカウンターの上のホルダーを見ると、竹千代がいつの間にか自分の前にあるホルダーに差していた。

先ほどの赤毛の店員がすぐにやって来て、相変わらず仏頂面のまま厄介払いでもするかのようにグラスを片付ける。受け取りも片付けもセルフサービスである事を意味するカフェテリアの名に反したサービスだが、この店は以前、この大学が名称変更された時に増築されているらしい。大学が旧名だった頃はセルフのスタンド形式で、店員がサービスするスタイルに建て替えられた後も、皆がそう呼ぶからカフェテリアの名で通っている。

グラスを回収した店員は大雑把《おおざっぱ》にカウンターを拭く。ウエストはそこそこ締まってるがボリュームのある体形の店員の内面を少し知りたくなった小熊は、こちらを見もしない彼女の横顔に唇を近づけて言う。

「モルトミルクチョコレート、美味《おい》しかった。次は混ぜずに飲んでみる」

彼女は横を向いて小熊をにらみつけながら言った。

「ちゃんとそう言って注文してください」

それから怒っているような苛立《いらだ》っているような、複雑な表情を浮かべながら言う。

「あなたが竹千代さんの大切な人なら、もっとちゃんとしてください」

彼女はグラスを持ち、少し力を入れて足を踏みしめるような歩調で、最後まで笑顔一つ見せることなく歩き去った。

こっちだって日々ちゃんと生きるべく努めている。だからこそ自分のスタイルを守りつつ、ちゃんと働いているウェイトレスが給仕してくれる、一杯のモルトミルクチョコレートを飲みに来た。

　きっとまた来るだろう。

　小熊は席を立ち、背を伸ばしながら竹千代に言った。

「仕事先でメロンを貰《もら》った、一人で食べるには大きすぎる」

　竹千代はバニラ味のモルトミルクを飲みながら「そうか」とだけ言った。

　その日の日暮れ。時間は中途半端だが、日没時間には一分の誤差も無い時刻に、小熊の家の前に竹千代の軽バンが停《と》まった。

　小熊は窓の外を見て、軽バンから降りて来る竹千代と春目を認めて一つ鼻を鳴らし、三人分の夕食の最後の一皿をバーカウンターに並べた。

　彼女はきっと春目と共に日没にやってくる。相手の行動を予測することが精神的な優位を得る小熊なりの方法。今夜は竹千代という女をもっと知り、より正しい予測が出来ればいいと思った。

(30) ブラック・ブッシュミルズ

ヘンなツールで玄関の鍵を開錠されてもたまらないので、小熊は玄関のドアを開けて二人を出迎えた。

いつもと代り映えのしない黒いドレスの竹千代が立っていた。竹千代自らが仕立てた物だという事もいつも通り。家一軒が買える値段の喪服や、ある国の王族が限られた余命の最期の仕事として出席する儀礼のために仕立てた民族衣装など、竹千代は常に最高の素材を纏《まと》っていて、いずれも死の匂いがする。今着ているビロードのワンピースドレスも、誰かの遺骸に掛けられた物だったんだろう。

竹千代はそれまで何度か小熊の家に来た時にそうであったように、手土産を持ってきた。

ブッシュミルズ・アイリッシュ・ウイスキー・ブラックラベル

黒姫の集落で交わされた会話を、竹千代はもう知っているのか、それとも自分に曾祖母《そうそぼ》の代でアイルランド人の血が入っている事などとうに調べ済みなのかもしれない。少なくとも偶然の一致は無い。竹千代という女の全ては必然の行動で出来ている。ランダムな幸運に頼ることは決してしない。

「私には飲めない。まだ十八だ」

小熊は瓶を押し返そうとしたが、竹千代は日本の酒屋でも売っているブッシュミルズとは度数も風味も異なる、決してアイルランドの外には輸出されないブッシュミルズのドメスティックボトルを差し出しながら言った。

「小熊君が無理だというのはロックやストレートだろう。でも、コーヒーの風味付けなら小熊君の好むところだと思うのだが」

小熊は両手を上げた。この女に隠し事など無意味なんだろう。今日自分の家に呼んだ理由も、竹千代は小熊が高校の時に好んで飲んでいた物さえ知っている。

小熊はボトルを受け取ることはしなかったが、竹千代がさっさと靴を脱いで勝手に部屋に入り、バーカウンター背後の棚にブッシュミルズを置くに任せた。

空白の多い酒棚《セラレット》には、他に椎が持ってきた勝沼産グラッパの瓶が一つ置いてある。丸く透明なうちだグラッパのガラス瓶と、日本のウイスキーボトルよりややいかり肩のブッシュミルズのボトルが並んでいる姿は悪くない。もしも自分があまりにも長くここで孤独に過ごし過ぎて、自分を縛る法律やモラルを心底どうでもいいと思った時は、この棚からブッシュミルズのボトルを出して、喉を鳴らしてらっぱ飲みするくらいのことはやるかもしれない。そうでもしないと、ただでさえ忘れつつあった自分の父祖の国の存在を思い出せなくなってしまう。くだらない法を優先して自らの血に刻まれた記憶を失うのは愉快ではない。

小熊は玄関口で中の様子を窺《うかが》い、小熊から入室の許可を与えられるのを待っている春日を引っ張りこむ。彼女も代り映えしない若草色のチュニック。途中でつんのめって転びそうになるが、安全靴の爪先を床で鳴らして立ち直る。カブに乗ってる時みたいだと思った。そしてカブに乗る技術に関しては、春日は小熊を遥《はる》かに上回る。

小熊は竹千代と春日にカウンター前に並べたスツールを手で示した。二人が許可を得て着席した後、自分はキッチン側に引っ張り込んだスツールに座る。

今日は一応ホスト役として二人に飯を出さなきゃならないし、小熊が檜《ひのき》の一枚板で自作した、幅も長さも充分なバーカウンターは、キッチン側からでも食事が出来る。

冷やした炭酸水を竹千代と春日、それから自分のグラスに注ぎ、形だけの乾杯をした後、夕食の時間が始まった。

小熊がバーカウンターに並べたのはサーモンステーキ。

キングサーモンの切り身をオーブンで焼き、ケッパーとマスタードのソースで味付けした物。

正直この二人に出すなら先日買った冷凍ワンプレートディナーのハングリー・マンをレンジで温めるだけで充分だと思ったが、いかんせん本国では労働者層向けの食事でも、日本で買うと相応の高値がついているので、もっと安上がりにすべく、最近一緒にバイク便の仕事をした清里のシスター、桜井淑江にＬＩＮＥで聞いてみたところ、八王子にある魚の卸売り店を紹介してくれた。戒律のため金曜日には肉を食べられない桜井が、よくここで魚を買っているという。

桜井は「サーモンよりトラウトのほうがお勧めだ」と言ったが、小熊は「食わせる相手は鮭《さけ》とカラフト鱒《ます》の違いも判《わか》らない奴《やつ》だ」と返したところ、桜井は爆笑のスタンプを連打してきた後に卸売りの魚屋に連絡を入れ、１ポンドのサーモンを三枚、小熊のために切って貰うよう頼んでくれた。街の魚屋よりずっと安いし、不信心者にはそれで充分だという。

いただきますの声と共に三人でディナーを食べ始めた。薄切りポテトをラードで揚げ焼きにするアラスカ風フライドポテトとオニオンスライスのマリネを添えたサーモンステーキを、竹千代はメスで患部を切除するような手つきで切り分けては口に運んでいる。百均で買ったテーブルナイフも、竹千代が使っているとコンクリートを切断する鋭利な刃物のように見える。

サーモンを一片切ってはソースを僅かたりとも皿に残すまいとサーモンで拭き取り、一口食べるごとに付け合わせのポテトで腹を膨らませるケチ臭い食べ方をしている春日は、四五〇gのサーモンを半分ほど食べて苦しそうにしていた。これでも餓死寸前の身で竹千代に会った時より、だいぶよく食べるようになったらしい。小熊は後で食い残しのサーモンを持ち帰り用の紙箱にでも詰めてやろうと思った。

何だかんだキッチンであれこれ作業しなくてはいけない小熊は、自分で用意したナイフを無視して柔らかいサーモンを右手のフォーク一本で食べる。桜井が認めるだけあって味は濃厚で美味。贅沢《ぜいたく》に切り分けたサーモンの塊を丸かじりする小熊を、竹千代は愉快そうに笑いながら見ている。春日は逆に食欲が減退したような顔をしていた。

サーモンのディナーが終わり、単価的には今日のメインディッシュとも言える冷たいキャンタロープ・メロンを出した。カットしただけで生ハムもブランデーも無し。それらとの相性は素晴らしく良いのだが、小熊は自分の仕事の成果とも言えるメロンを、ハムやブランデーが美味《うま》いと言われるのが気に入らなかった。

竹千代も春目も、ほんの少し前まで日本では生食できなかった、非常に糖度の高いメロンの味に感嘆の声を上げていた。そしてそれの日本国内での流通に貢献したのは自分。小熊も自らの割り当てとして四分の一ほど切ったメロンを食べてみる。美味い。きっと一人で食べるよりずっと美味い。

メロンを食べ進めながら、竹千代は空のグラスを突き出した。

「ハイボールを貰おうか、ダブルで」

竹千代は先ほど自分自身で進呈したブッシュミルズのボトルを見たが、小熊は炭酸水の瓶を取り出し、ハイボールのウイスキー抜きを注いで竹千代の前にドンと置く。

一応は軽バンのドライバーである竹千代を飲ませて帰すわけにはいかないし、家に泊めるなどまっぴら御免。あいにく寝具は和風の寝室に敷く布団一セットしか持ってない。無論竹千代はソファや床で寝るような女じゃない。

この家の主《あるじ》である自分が己の寝場所を確保しつつ、竹千代にも相応の寝床を用意するには、小熊は一瞬、自分の頭に思い浮かんだ光景をできるだけ遠くに捨てるかのように首を振った。

竹千代の意図はわかっている。彼女は意図の無い言葉を吐かない。要するに、素面《しらふ》よりアイリッシュ・ウイスキーの助けを借りたほうがいい類の話をしようという事か。

小熊は自分のグラスに炭酸水を注ぎ、一気に飲み干した。炭酸ガスにはアルコールほどでないにせよ酩酊《めいてい》効果があるらしい。

グラスを置き、満腹してうつらうつらし始めた春目の前にも目覚ましのレモンスライス入り炭酸水を置いた小熊は、ここ数日間の自分自身のことについて語り始めた。

(31) システム

夜から深夜に近くなった時間。

白熱灯が木造の壁や磨かれた床を柔らかく照らす自宅バーで、グラスの中で弾《はじ》ける炭酸水の泡のように小熊は喋《しゃべ》り続けた。黒姫での仕事のこと、スカウトを受け今日面接に行ったP.A.S.Sという輸送会社のこと、葦裳という奇妙な社長のこと。そして今まで自分が従事した、バイク便という仕事について。

自分がここまで他人に話を聞いて貰《もら》いたがっていたことが不思議だった。誰でもいいとはいえ聞いてくれる人間が手っ取り早く見つかったのにも、何かの巡り合わせを感じる。

竹千代は一切口を挟むことなく小熊の声に耳を傾けていた。グラス越しに小熊を眺めている。やっぱりハイボールにしたほうが良かったかな、といった表情。

春目は居眠りしているようでいて、話は聞いている様子。半分寝ながら半分起きる癖は、かつてポスティングの仕事で過重な労働を課せられた時に身に付いた物だろう。春目が安眠できる夜は、きっとまだ来ない。今でも春目は自分を使い潰し、親友を奪ったカブに乗れない。小熊が譲渡したカブは、専ら家に置いて磨いているらしい。それは治癒の兆候かもしれないが、もう直らない傷もある。痛みを消すことが出来ないならば、痛みを自分の一部にして生きていくしかない。

話を聞き終わった竹千代は、手に持っていたグラスを干し、ブッシュミルズの瓶を未練がましく見ている。いい加減ちゃんと話を聞いて欲しいと思った小熊は、竹千代のラージグラスを奪い取り、おかわりの炭酸水を注いだ。ブッシュミルズの封を切り、炭酸水の量と酒量の単純なパーセンテージ計算で、これくらいなら法に触れず運転機能に影響は無いと判断し、琥珀色《こはくいろ》の液体をティースプーン数杯落とす。この程度で捕まるなら、エナジードリンクを飲んで運転する営業社員やトラックドライバーは全員逮捕されている。

まだそんなに減っていない春目のグラスにも、炭酸水を注ぎ足《た》す。あまり美味《おい》しそうに見えないのは、甘くないからだと思った小熊は、バーカウンター下の棚から角砂糖のガラス壺《つぼ》を取り出し、スプーンに三つほど載せて、砂糖全体に沁《し》みて滴るくらいのグラッパを垂らした。

ストライク・エニィホエアと呼ばれている、どこにでも擦って火を点《つ》けられる硫化燐《りん》のマッチで角砂糖を燃やしてアルコールを飛ばした後、グラッパの青い炎を吹き消し、表面が少しカラメル化した角砂糖を炭酸水の中に落とす。

グラッパの香る炭酸水のグラスを、春日の前に置いた。新聞配達などでは猛暑期や厳寒期に、甘い物を飲みながら配達する人間が多いと聞いたことがある。理由を問うと単純に「飲まなきゃ倒れる」。

春日は甘い炭酸水を飲み、驚くでもなく喜ぶでもなく、ただグラスの底の角砂糖から立ち昇る泡を眺めていた。もしも春日が過去の良くない事を思い出し、今夜また悪夢に悩まされたとしても、今は自分の話を聞いて貰うほうが優先だと思った小熊は、春日のグラスの横にガラスのマドラーを置いた。春日はただ作業をこなす手つきで炭酸水をかき混ぜている。仕事でカブに乗っていた頃もこんな顔をしていたんだろうか。今夜は春日をここに泊めたほうがいいのかもしれないと思った。春日が夜中に悲鳴を上げて飛び起きた時、それは夢だと教えてあげるために。

竹千代はブッシュミルズを垂らした炭酸水を一口飲んで満足げに微笑《ほほえ》みながら答えた。

「不満なのかい？」

自分が葦裳社長との雇用契約を保留しているという話だろう。どう答えようか。まだ形になっていない、何となく契約を迷う、小熊の心中に残った些細《ささい》なわだかまりを何と言えばいいのか少し迷った。

小熊は自分の炭酸水にもブッシュミルズを垂らした。一滴、二滴、数えるのが面倒くさくなったので適量。グラス半分ほど一気に飲んだ。カウンターにグラスを音高く置いてから答える。

「大いに不満だ」

言った後で小熊は残りの炭酸水を飲み干す。ブッシュミルズが微《かす》かに喉に沁みたが、これくらい洋酒風味のケーキ一個分にすらならない。捕まえる奴が居るというなら捕まえに来てみろ、こちらも自らの自由と尊厳を守るための手段を行使するまで。

カウンターに突っ伏していた春目が、顔だけ上げて言った。

「何がいけないんですか～？　電車乗っただけでお金が貰えるなんて、わたしが代わってあげたいです」

小熊は炭酸水のおかわりを注ぎながら春目に言った。

「ハンドキャリーじゃなくライダーとしてなら幾らでも紹介する。春目がカブに乗って働けば、ひと月であの焼け跡のバラックみたいなアパートを出て駅前のタワーマンションで暮らせる」

春日は小熊にべーっと舌を出した。

「もしカブに乗れなんて言われたら毒ニンジン食べて死んでやります。わたしはあのお家《うち》を気に入ってるんです。食べられる草が一杯生えてるし、庭で堆肥作っても大家さんに怒られないし」

春日は最近、飢えて死なないための備えに家庭菜園を作り始めているという。収集趣味の窮極は自分の畑だと聞いたことがある。もしかして春日は、そこらの大学生や勤め人より上級で質の高い暮らしをしているのかもしれない。


竹千代が立ち上がり、戸棚から勝手にビーフジャーキーを取り出した。竹千代に冷蔵庫の中まで漁《あさ》られてはたまらないので話を続ける。

「私は金が必要で金が欲しい。カブを維持しつつ慎《つつ》ましい大学生活をしたいだけなのに、まだ旋盤さえ買えていない。私は仕事がしたいんだ。でもあの職場の仕事は、私の仕事じゃない」

竹千代はカウンターの上にある皿を手に取り、上に載っていたものを摘《つ》まみ上げた。さっきまで春日が食べていたメロンの皮。

「君の仕事というのは、これの事かい？」

春目が徹底的に削ぎ落として食べたのか、紙のように薄くなり、一部破れているメロンの皮を小熊は手に取った。汁も吸いつくしたのか乾ききっている。

「そうだ、私が黒姫から銀座に運んだ、日本最高のメロンだ。プレゼンだって手伝った。でもあの社長の下じゃ、せいぜい最寄りの新幹線駅まで運んでハンドキャリーに渡す、ただの配達屋の一人だ」

竹千代はジャーキーを一枚取って食べた。袋の裏を眺めながら言う。

「子供じみてるな。君にとって仕事というのはその程度の物なのか？　社会に貢献し勤労に応じた報酬を得る。それが仕事じゃないのかね」

竹千代はビーフジャーキーの袋、その裏に印刷された表示を見せた。生産者や輸入者の表示。そこには運んだ人間の名は記されてない。

「少なくとも私にとって仕事とは、自己の幼稚な幻想を仮託するものではない。目に見える利益とその正当な分配だ」

竹千代がいつもより感情的に見える。小熊もたぶんそうなんだろう。もしかしてこの中で一番大人なのは、居眠りしている春目かもしれない。少なくとも彼女は今の自分にとって価値ある物がわかっていて、それは目の前のくだらないお喋りじゃない。小熊は絞りだすように言った。

「わかってる。でもあの会社じゃあ自分は歯車の一つにしかなれない」

不意に高校の同級生だった礼子を思い出す。高二の秋でハンターカブに乗り換えるまで、礼子は郵政カブに乗っていた。彼女は郵政カブの各部にカスタマイズを施し、幾つもの部品を交換、破棄していたが、スプロケットと呼ばれるチェーン歯車だけは、取り外したノーマル品を壁に飾っていた。礼子の話では郵政カブのスプロケットは、過酷な郵政業務に耐えるべく採算度外視の製法で作られていて、特に歯車の歯の部分は現在どんな高級車でも行われていない職人の手作業で削り出された物らしい。でも、礼子が郵政カブに取り付けたスプロケットはこれでは無かった。アフターパーツメーカーの加工も仕上げも粗雑なスプロケット、しかし、ギア比だけはどのメーカーのスプロケットより礼子のチューンドエンジンに適合していて、礼子は他のあらゆる不都合を捨てて、一ｋｍでも速いスピードと、脳ミソが後ろに吹っ飛んでいくような加速を選んだ。

竹千代は何も言わなかった。何も言う必要が無いことに気づいたのかもしれない。

小熊の中でとうに答えは出ていたらしい。

結局竹千代はあの後数杯の薄いハイボールを飲み、図々《ずうずう》しく小熊の家に泊まっていった。春目はシュラフを貸したところ、リビングの中で、適当に明日凍えて死なずに目覚められそうな場所を見つけて眠った。

竹千代は小熊が思った通り寝室で家に一つしか無い布団を使った。小熊は同じ布団の中で竹千代から出来るだけ離れて眠る。

翌日、朝食のベーコンエッグを挟んだパンケーキまで食べて帰ろうとする竹千代は、何か文句の一つでも言おうとした小熊を制するように言った。

「大丈夫、たとえこれから小熊君の何が変わったとしても、小熊君は小熊君だ」

まったく、腹が立つ。

竹千代と春目を送り出した小熊は、身支度をして国立府中に向かった。

昨日も会った軍人のように頭を刈った老守衛に、小熊が着ていたもう生産、販売されていないというニック・アシュレイのライディングウェアについて色々聞かれつつ、社長室まで通して貰う。

アポイントの時間である正午よりだいぶ早い時間で、全てが効率的に制御された葦裳の会社では明日以降許されることではないが、今日くらいは自分の意志と心情、規範を主張するのもいいだろう。早く来ればそれだけ多くの仕事が出来て、仕事が無ければ玄関前でも掃いていればいい。

昨日と同じく純白のパンツスーツに身を包んだ葦裳に、小熊は言った。

「お返事を引き延ばしてしまいましたが、改めてこちらでお世話になります」

ここで働けば会社の歯車の一つになる。でも、カブに乗っている人間として歯車の価値を笑うことなど出来ない。大学生として数年後に就職を控えた身、とりあえず自分が社会活動におけるシステムの一部に組み込まれるのがどういう事なのか、今は知ってみようと思った。

葦裳はアポイントの無視や小熊の恰好《かっこう》については何も言わず、ただデスクトップの中で幾つかの変更作業を行った後、小熊に契約書が表示されたタブレットを差し出した。

生体認証による捺印《なついん》を終え、タブレットを返した小熊は葦裳と握手を交わした。やはり手の温度が義手のように低い。この手を温めてあげたいとは思わなかった。冷えきった手で渡されようと金は金。

もしもこの社長が、異端を排斥する世の中の不快な流れの中で、この手が冷たいままで居られなくなったなら、小熊は葦裳が自ら望んだ温度で居続けられるべく出来るだけの助力をしようと思った。

自分に支払う銭を勘定する時は、手が冷たいほうが数え間違いが無くていいに決まっている。

今日から小熊は、P.A.S.S社の学生契約社員に、葦裳社長の正式な部下になった。

(32) 歯車

小熊はバイク便の仕事を本格的に始めた。

朝、少々単調になりつつある鯵《あじ》の干物とダイコンの菜飯、リンゴの朝食を済ませ、カブに乗って大学に行く。

相変わらずさほど知見を得られないながら、仕事と両輪の生活になってからはいいリフレッシュタイムだと思うようになった大学の講義を受け、最近は自分で作る弁当より頼りにしている学食に行く。

カフェテリア学食に居るまん丸体形に赤毛のウェイトレスは相変わらず愛想が悪い。小熊が何を注文しても、ちゃんとパンの種類や中に挟むフィリング、卵はサニーサイドアップかターンオーバーか、飲み物の砂糖やクリームの量、あるいは今お腹《なか》が空《す》いてるのか、仕事ばかりでいつ暇になるのかを言わないとオーダーを通してくれない。正直なところ大学では教授からではなく彼女から知見を得ている気がする。もしかしたら自分の注文の仕方が下手なのかもしれない。例えば、昼食の注文以外の何かを、ちゃんと小熊から言ってくれるのを待っていることに気づく、など。

昼食を済ませると大学からカブで十分少々のP.A.S.S本社に出社し、バイクは原付だがライディングウェアにはやたら詳しい軍人のような外見をした守衛と軽くお喋《しゃべ》りをした後、社屋一階のガレージに行く。

紙ではなくスマホアプリのタイムカードに打刻した後、これは山梨でバイク便をやっていた頃と変わらないメッシュベスト一体式のパッド入りライディングジャケットを身に着け、小熊の専用車として貸与されたグリーンのＣＴ１２５ハンターカブに乗って仕事に出る。

業務順調なのか仕事は絶えず入っていて、来てすぐ出るという状況なので同じライダーと顔を合わせることはあまり無く、まだ小熊たちライダーや徒歩のハンドキャリーを指揮管制するオペレーターと話す機会のほうが多いかもしれない。東京は我が体、道路と鉄道路線は我が血管、そしてあなたたちは血液と称するオペレーターは言葉通り都内のあらゆる道路の構造や道路状況に精通していて、いつも的確な指示をしてくれる。

彼女の話によるとカブに乗る女性で構成されたバイク便ライダーは、いずれも曲者揃《くせものぞろ》いだという。小熊が「そりゃ困った」と言ったところ、オペレーターに「あなたもその一人だ」と言われる。

歩合の仕事が切れ目や待ち時間無く入るのはありがたいが、過重負担になることは無いのか、と聞いてみた。もしそういう状態を放置するような会社なら、また春目のような奴《やつ》が犠牲になる。オペレーターの話では、あの社長がそういう仕事をする事は「絶対に」無いらしい。常に適切な仕事を割り振り、出来る範囲の労働をさせ、相応の報酬を振り込む。人の心が無いように見える社長だが、心ある人間の扱い方は誰よりも上手《うま》いらしい。

小熊は社のライダーとして日々を過ごしていた。オペレーターの言葉通り、仕事は無理なく疲労を残さない密度で入り続け、事前に契約した勤務時間の範囲で必ず終わる。高校の時からずっとバイク便ライダーとして働いていた。ライダーが社会の歯車なら、どんな歯車にも負けない速さで回り続けていた。他のどの歯車と噛《か》み合うこともなく。

ここに来てからは、バイクが原付二種になり、輸送も限定的な範囲を分担するだけになったことで、歯車は以前より速く回れなくなった。その件で大学の竹千代や春目に愚痴を零《こぼ》したこともある。

　しかし、ハンドキャリーやオペレーター、あるいはバイシクルメッセンジャーと共同で仕事を行うことで、今までより大きな仕事に係《かか》われるようになった。名を言えば皆が知っているような大きな企業のトラブルフォローや、官庁街から請ける国政に係わる急送。今まで居た場所では出来なかった大規模な仕事。今まで共に働いた人間が、いずれ小熊がそうなることを望んで育ててくれた能力。

　独りで回っていた歯車は、他の歯車と噛み合うことで共に力を伝達し合い、歯車の集合で作られた、社会という途方もない機械が動き出した。

　小熊の世界が回り始める。小熊は、自分の周りにある物を自ら動かし始めた。

　小熊の時間が、小熊自身の力で進んでいく。

　国民の祝日と全く関係の無い仕事をしているうちに、ゴールデンウィークは自分の下を通り過ぎていき、五月の日々が今までとは別物の速さでやってきては去る。初めてカブに乗った時みたいだ、と思った。

　思えば四月までは、歩いているかのように緩慢な時間を過ごしていた。今はカブで走り出した時のように周囲の時間が流れている。流されているんじゃなく、自らこのスピードの中に飛び込み、自分の力で世界を動かしている。

この流れの速い時間の中で、自分はどこに行くのかと小熊は考えたが、今までカブに乗っている時がそうだったように、走っていればわかるだろうと思った。走らなければ見つけられない事もある。

小熊は、社会の一員として生きていた。

（33）俺のカブ

小熊が葦裳の下でバイク便の仕事を始めて幾らかの時が過ぎた。

大学生活を含めその日々は極めて単調だが、価値無き単調だとは思わないようになった。

毎回行き先で配送荷物を受け、最寄りの駅でハンドキャリー社員に渡す、代り映えしないような仕事にも不確定要素は存在し、その凹凸を少しずつ均《なら》していく。それによって得る退屈と引き換えに、事故の回避という、社会人にとって、無論バイクに乗る人間にとっても最も重要なものを手に入れる。

最初にバイクに乗るバイトをした時も同じようなことを思った記憶がある。昨日と同じような走りをするのではなく、昨日と同じにしていく。

少なくとも仕事内容が安定したことで、より多くの仕事を入れられるようになり、小熊がバイトを始めた最大の目的だった、カブに必要な物々に関する無計画な散財の結果として招いた経済的な危機状況は少しずつ解消されつつある。旋盤の次はバイクを輸送するトランポの軽バンでも買おうか。

これでも日々エキサイティングな仕事を果たしていた甲府のバイク便時代を思い出させるような、印象的な仕事が入ることもある。出版社の依頼である執筆業に携わる人間から原稿を回収してくる依頼を請けた時、自分が多少なりとも正しく道義的人間だと思っている小熊には理解できない理由で仕事をサボる怠慢な執筆者の、原稿が全然書けていない現状を報告したところ、高校時代にバイク誌の仕事を請けた時から付き合いのある編集者からの内々の依頼で、「少々強引な方法」を用いて執筆者に物理的な圧をかけ、入稿を間に合わせたり。

ある漫画家がバイク便のシーンを描く上で資料不足に困った結果、担当編集者が中身の空っぽの封筒の急送をバイク便に依頼するという名案を思いつき、漫画家自宅に封筒だけの荷物を届けに行った小熊が、バイク便ライダーという生きた資料になってしまったこともある。

雑誌グラビアの類とは密度が段違いの、全方位全角度と言われる作画資料写真を撮られながら、こういう仕事に自分が指定されるということは、案外社長に気に入られているのかもしれないと思った。

社長は「容姿や柔軟な応対力、表情や年齢などを総合的に判断した結果」と言っていたので、単にどこからどう見てもバイク便ライダーにしか見えないということで選ばれただけなのか、相変わらずあの社長の本心は読めない。そもそもあの人に本心や私心というものがあるのだろうか。

最も刺激的な仕事は、小熊がここの仕事を始めてしばらくしてからよく依頼されるようになった、サポートやヘルプと呼ばれる業務。バイクの事故、故障や電車の遅延など、急送を予定通り遂行する事が困難になった時、現場に急行し荷物を引き継ぐ仕事。当然結構な追加手当が振り込まれる。

牧場労働に於《お》いて、最も危険な仕事は群れからはぐれた羊の回収だという。羊が自力で登れず降りられない峡谷に落ちた時、死を待つのみだったストレイシープを人力で安全圏まで担ぎ上げる仕事は、ひとつ足を滑らせれば簡単に命が飛ぶ。獲物を狩ったり他牧場との抗争や密猟者相手の銃撃戦などの仕事がお遊戯と思えるレベルだと聞いたことがある。

事故を起こしたライダーのヘルプに行った時は、相手が四十過ぎの初老男性で、女子ライダーがよほど嫌いなのか、カブのドライブレコーダーに記録された自身の運転ミスを頑として認めようとせず、事あるごとに「女のくせに」「女は大人しく素直に」「これだから女は」「俺がバイクに乗ってた頃の女は」と繰り返すので、相手に摑《つか》みかかろうとするライダーを宥《なだ》め仲裁するのに苦労させられたが、もう年老いてるのに子供みたいな顔と物言いの相手ドライバーが「女がカブ程度でイキってるんじゃねぇ」と無礼なボディタッチをしてきた瞬間、小熊は即座に割って入り、その男の親指を軽く摑み、付け根のツボを押した。高校時代、最強の格闘技を習得するという、もう十七になったとは思えない馬鹿なことを思いついた礼子が、あれこれ聞き回った結果、最も実戦的で強力な武道として選んだ「逮捕術」で、練習相手にさせられて覚えた技。

愛想のいいコンビニ店員が、たまに客の手に自分の手を添えて釣銭を渡しているような見た目で、相手は手に痛みの類を感じない。伝わってくるのは、骨を繋《つな》ぐ軟骨に直接指で触れられ、あと少し力を加えれば、あるいは振りほどく動きをすれば簡単に手首が折れるという、冷たい脂汗が滴りそうな感触のみ。警官崩れでその技の怖さを知っている仲間のライダーに必死で止められつつ、見た目や立場の弱い人間にしか攻撃的になれない哀れな男を、微動だにさせることなく身柄確保した後、現着した警官に引き渡した。

相手が「ヒステリーを起こして半狂乱になっていた女を落ち着かせるためにちょっと肩を押さえた」と称する、実際は相手の自由を奪いながら、明らかに性的意図によるボディタッチを行い、仕草と口頭で暴力の行使を示唆している画像と、スマホが残した明瞭な音声が残っていたおかげと、なにより生活安全課の巡査としての前歴を持ち、バイク窃盗団への非公式な潜入捜査を経てバイク便ライダーに転職した変わり種なライダー仲間のコネで、小熊はつまらない前科がつくことを回避できたが、警察官が来た時に「暴行罪破壊罪不敬罪で俺たち男の敵を逮捕しろ！」と連呼していた男は、数日後掌《てのひら》を返し老母と共に会社まで土下座しに来たのはいささか面倒だった。華裳社長が以後の接触禁止と被害の完全且つ最終的な弁済を行わせるべく「処理」したらしく、その後の顛末《てんまつ》は知らない。あの社長はああ見えて、法曹関係者のみならずそれ以外の筋の負債回収を生業《なりわい》とする人たちとの関係も深いらしい。

　幾度かのサポートを受けた結果、小熊のことをシェパードと呼ぶライダー仲間も居た。落伍《らくご》した爆撃機を誘導し、基地まで連れ帰るモスキート機を描いたフォーサイスの初期短編名作のことを言っているんだろうか、と思ったが、単に走らせるのに便利だが噛《か》みつかれると厄介な奴とでも思われているのかもしれない。

　どちらにせよシェパードは嫌いじゃない。よく行く客先に元警察犬だというシェパードを飼っている家があって、最初に行った時には立派な番犬として激しく吠《は》えかけられたが、小熊がジャック・ヒギンズの小説で読んだ「オールド・アイリッシュ・マジック」と呼ばれる、高音を維持した口笛を吹きながら、独特の動きでそっと指を鼻先に近づける方法で手懐《てなず》けて以降、その家に行くたびにロレンスという名のシェパードは犬小屋からのっそりと出て来て、ほら撫《な》でさせてやるよ、といった感じで頭を擦りつけてくるようになった。

そういえば、フォーサイスもヒギンズも、シェパードの名の元になったらしき作家のT・E・ロレンスも、小熊の祖父の国であるアイルランドと係わりが深い。


その日、小熊は東京にほぼ隣接する、神奈川県大和市に来ていた。

今日の仕事は米軍厚木基地で受け取った荷物を、港区麻布の米軍関係者専用宿泊施設、ニュー山王ホテルまで届ける仕事。厚木から麻布山王や赤坂の米大使館までは連絡ヘリが飛んでいるはずだが、今は米軍も経費人件費に厳しいらしい。


小熊が受け取ったのは、依頼人の女性大佐が人目を忍ぶように金庫から出した官製封筒。ごく普通のマニラ封筒に簡素な封印が捺《お》された漫画雑誌くらいの荷物だが、妙に重い。まるで週刊漫画誌ではなく、それよりもっと薄く妙に表紙の固い冊子が幾つも詰まってるような感触で、依頼人の女性大佐は意外と流暢《りゅうちょう》な日本語で「ミチャダメヨー」とだけ言う。

大佐は荷物の受領を終えた小熊を、ゲートまで案内してくれた。幾つかあるガードマンの詰め所で袋の中身を検《あらた》められるのを警戒したのかもしれない。大佐と基地内を並んで歩くバイク便ライダー、軍の精鋭部隊が着るタクティカルベストに似ていなくもない恰好《かっこう》の小熊を見た若い軍曹が、何を勘違いしたのか小熊に敬礼する。両手をパタパタさせて「チャオ～」とにっこり笑う大佐の横で、ヘルメットを被《かぶ》ったままの小熊は渋面で答礼した。マニアでなくとも礼子と一緒に居れば、無帽で敬礼、答礼すると、海兵隊ではガニーと呼ばれる古参軍曹に蹴っ飛ばされることくらいは知ることになる。

アフロ・アメリカンのなかなか好男子な軍曹は、型通り小熊が答礼を解くまで直立不動で敬礼していた。

仕事で入ることが許された、相模川《さがみがわ》の河川堆積地形が開発されることなくそのまま残された米軍基地の敷地は小熊にとって興味深かったが、その米軍大佐が小熊も同じ趣味を齧《かじ》っている女子なのかいちいち探りを入れてくるのが面倒くさかったため、相模原市街地では不動産のランクにもなっている上段、中段、下段の多層の河岸地形に興味を残しつつ、足早に基地を後にした。

だいたいああいう本やそのナマモノは小熊の好むところではない。小熊が好きで見ていたアニメが、美男子同士の熱い友情を描いたアニメに売り上げで大差をつけられたこともあって、見る気も起きない。ただ、バイク便を飛ばしてでも同好の士と新刊が無事発行された喜びを共有したい気持ちは、わからないでもない。

荷物の受け取りがスムーズに行われたことで、小熊は予定より早くオペレーターから指示された駅に到着することが出来た。

当然東京二十三区までの急送なので、近隣の駅からは電車を利用するハンドキャリーに荷物をバトンタッチする。

小熊が到着したのは、相模線入谷駅。

厚木基地最寄りの駅がある相鉄線は、車両事故が起きたことで臨時運休している。車両の組み立てや補修に多用されていると聞くガムテープが剝《は》がれたのかもしれない。誰かが足りなくなったガムテープを自腹で買って来るまで復旧の目途は立たないだろう。

オペレーターによって運休や振替輸送による混雑を避けるべく、小熊はこの駅に誘導された。何せ荷物の中身は、うっかり電車内でぶちまけたりすると非常に困る代物。幾ら他人からの預かり物と主張しても、小熊がヘンな誤解を受ける。

単線電車の駅は、そこが東京近郊であることが信じられないような簡素な駅だった。

見渡す限りの田園の中に片面ホームの駅がポツンとあるだけで、駅規模の割には広い駐輪場の中に、階段を五段上がるだけのホームがある。ホーム以外何も無い。片面のホームには簡易な屋根が差しかけられているが、券売機も売店も駅舎も無く、あるのはスタンド型の灰皿のようなSuicaのタッチツールと、ちっぽけな掃除道具入れだけ。

地元にあった小海《こうみ》線か身延《みのぶ》線の無人駅を思い出した小熊は、苦労して駅前の商店街や繁華街がどこにあるのか探してみたが、見渡す限りの田んぼしか目に入らず、自販機一つ無い。遠くに見える大型家電店は、都内なら電車に乗って二～三駅走らないと着かないんじゃないかというくらい遠かった。

駐輪場に駐《と》めたカブに乗りながら腕時計を見た小熊は、ボトルホルダーに差していたお茶を飲みながら、これは少し待たされるかもしれないと思った。荷受け先の米軍基地で大佐の誘いに乗って、メキシコ風春巻きのエンティラーダでも食べて来たほうが良かったかもしれない。大佐は基地内メキシコ料理店のエンティラーダは炊き立てのドンブリ飯に載せると絶品だと言っていた。

お茶を飲みながらスマホを見て時間を潰していると、横に一台のカブが停止した。

そのカブは小熊がプライベートで乗っている物と同じ旧型車体のカブだった。電子制御エンジンの新聞配達用プレスカブで、車体にはアニメキャラのバイナル・ラッピングが隅々まで施されている、いわゆる痛バイク。エンジンを載せ換えてるらしく音は太く、ナンバープレートも九一～一二五ｃｃエンジンのピンクに替えられている。季節はもう初夏だというのに付けっぱなしのウインドシールドの裏には八インチくらいのタブレットが自作らしきホルダーで固定されている。タブレットではサブスクでカブが題材らしきアニメが流れていた。画面に映っていた主人公らしき少女を見た小熊は、実に可愛《かわい》らしいヒロインだと思った。

痛バイクのカブから降りたのは、少年といってもいい見た目の男性。女の自分より小柄で肌が白く、ハーフキャップのヘルメットからはみだしてうなじ近くまで伸びた髪は鳶色《とびいろ》がかっている。

その少年は、小熊の着ているバイク便業務用ライディングジャケットと同じ上着姿だった。小熊の所属しているP.A.S.S社では、ハンドキャリー配達員にも同じジャケットが支給されている。

このバイク便の象徴のような、背中と胸に衝撃吸収パッドが入れられ、ポケットの一杯ついたメッシュベスト一体型ジャケットが、関係者以外の入場を厳しく監視しているオフィスで、警備員が一礼して通してくれるフリーパスチケットの役割を果たしていることは、小熊自身が何度も経験している。バイク便ライダーは仕事でここに来ていて、そしてその仕事は例外無く一分一秒を争う。引き留めた結果として発生する遅延の責任を取る度胸のある警備員はそう多くない。

ライダーとハンドキャリーの役割は、分別されているようでいて曖昧で、急なトラブルで小熊がハンドキャリーの代行を務めたことは何度もあるし、多くは自宅から荷物の受け取り駅まで原付で来るハンドキャリーが、そのままライダーを兼任することもある。もっとも小熊は、県内に列車線が四本、あとはリニアの実験線くらいしか無い山梨から来たせいか、都内に網の目のように張り巡らされた鉄道路線を使いこなすハンドキャリーについてはまことに不得手で、代行を引き受けるたびに乗り換えや複雑な出口でオペレーターの指示やスマホの機能に頼りっぱなしだが。

痛カブのハンドキャリー少年は、小熊より小熊の着ている自分と同じライディングジャケットと、背中に負った社名の看板で待ち合わせの相手だと気づいたらしい。カブからタブレットを外し、自分の契約社員証を呈示した。

「P.A.S.Sのライダーの方ですね？　私はハンドキャリーのこういう者です。ここからは私が荷物を引き継ぎます」

小熊もスマホを取り出して自分の社員証を表示し、相手に確認させてからハンターカブのボックスを開錠し、封筒を少年に渡した。

封筒を受け取りタブレットで伝票のバーコードを読み取った少年は、何か覚えがあるような、頒布イベントの類で新刊を買いこんだ時に何度も触れたような重さと感触、封筒越しにも伝わってくる印刷したての冊子の匂いに妙に物分かりのいい表情をしつつ、それを自分のカブに付けた、これもアニメキャラのステッカーが貼られた折り畳みコンテナから取り出したデイパックに収める。デイパックまでアニメ美少女模様かと思いきや、ゲーム会社らしきロゴが幾つか入った大人しいデザイン。アニメ趣味者として、お堅く頭の旧《ふる》い職場に届け物をする時の処世術はわかってるらしい。


ホームの風景に似合ってダイヤも都心の電車より疎《まば》らしい相模線が来るまでにまだ時間があったので、二人で少し雑談した。少年は小熊の乗っているハンターカブのことを、小熊は少年のことを聞いた。

少年の話では作家をやっているという父親が新しいハンターカブを気に入っていて、同じく欲しくなったという同業者の間では既に「買うか？」「買うべ」と話が盛り上がっているらしい。

小熊より一つ下の高校三年生だという少年が小熊と同じバイク便会社で働いているのは、小熊と同じく金が必要だかららしい。

小熊がそんなに金を稼ぎたいなら、ハンドキャリーじゃなくライダーとして勤務すればいいと言うと、少年は笑って首を振り、この辺ではライダーではあまり密に仕事を入れられず、本数をこなせないという。現状で高校生活をしつつ請けた仕事の本数を聞いたところ、小熊をずっと上回っている。

学校に行っている時間と、眠る時間以外の全てを注《つ》ぎ込んで働いているという少年に、金の使い道を聞いてみると、少年は一言「カブ！」とだけ言った。

小熊は「そんなにお金かかる？」と聞いた。少年のカブは見た目は痛バイク仕様だが、車体は部品の潤沢な旧式で、載せ替えられた外国製のエンジン以外に、高価なパーツが付いているようには見えない。

小熊の問いを聞き、自分のカブを無遠慮に眺めまわす視線に気づいた少年は、先ほど身分証明に使った後は後部のコンテナに放り出していたタブレットを手に取り、ある画像を表示させて小熊に渡した。

「これが欲しいんですよ」

タブレットに表示されていたのは、あるオートバイチューニングメーカーの商品サイトだった。カブ、モンキー用コンプリートエンジン。ＤＯＨＣヘッドや自社工場製五速ミッションを始めとした、あらゆる高価なパーツが付けられ、高度な調律を施されたエンジンの価格は、二五〇ｃｃオートバイが新車で買える値段。

画像を見ていた小熊はタブレットを返し、スマホを取り出しながら言った。

「ヨシムラコンプリートなら、もう少し安く手に入る当てがある。良かったら紹介してあげようか？」

少年は手を振って一笑した。

「遠慮します。もう内金入れちゃってるんです。今月全力で仕事して残金を稼がないとお流れですけどね」

小熊からの連絡先交換の誘いを丁寧に断った少年に、小熊はさっきから気になっていたことを聞いた。

「カブしか無いの？」

この少年の生きる目的はカブだけなんだろうか？　カブのために働き、カブに乗るために生きている。カブで働いて使い潰された春目とはどこか対照的な存在に思えてくる。急に目の前の少年は物を食わず女とも付き合わず、もしかして息すらしていないんじゃないかと思えてきた。等身大のアニメグッズが人間の真似《まね》をするだけの表層で、薄いフィルムを剝げば中にはカブしか無い。

きっと最初からそうではなく、この少年なりにカブに乗る快感と、年頃の少年なりの楽しみを両立しようとしたのかもしれない。その結論か途中経過か、彼はカブに辿《たど》り着いた。ただ、少なくとも小熊の好みでいえば、何かしら身命を賭する物を持っていない人間は、男としての魅力を感じられない。バイクに恋したことのある男は、きっと同じくらいの熱量で自分を愛してくれる。

少年は小熊の言葉に首を傾《かし》げ、それから答えた。

「え？　そうですけど？　ヘンかなぁ？　あははやっぱりヘンなんだろうなぁ」

相模線の青いラインカラー電車がやってきたので、少年は立ち上がり、タブレットをデイパックに詰め、先ほどデイパックに入れた荷物をもう一度確認する。それから小熊と握手を交わした。

「コンプリートエンジン、買えるといいね。でもエンジンだけ載せ替えても、そこからまた金がかかる」

少年は細身の体に似合わず強い握力で小熊の手を握り返した。一人では何も出来ない男ではないらしい。誰の助けも得られない出先でカブが壊れ、数km押して帰ったことくらいあるのかもしれない。

「その時はまた働きます。カブのためなら何も辛《つら》くないし怖くない」

電車がホームに停《と》まり、小熊は少年と別れた。荷物の受け渡しを終えた小熊は、少年のカブを見て何か違和感を覚えた。

二重の盗難ロックが施されたプレスカブのタイヤに触れる。後輪を指で押すと張りが無い。やっぱり思った通りスロー・パンクチャーと呼ばれる、チューブの微細な穴やバルブの不良による僅かな空気漏れを起こしていた。

カブは一部の高級グレード車種を除き、現在主流のチューブレスよりパンクに弱いチューブタイヤだが、スローパンクが起きても数日くらいパンクに気づくことなく普通に乗れたりする。そしてその数日が経《た》った頃、空気圧の下がったタイヤは突然波打ちを起こし、コントロール不能に陥る。

足回りの整備は自分で行ってるらしく、各パーツのボルト類にはプロではない人間が何度かレンチを当てたらしき痕がある。ブレーキロッドのボルトに刺さっている外れ防止のピンも、メーカーや業者が使用する安価な使い捨ての割りピンではなく、整備趣味の人間がよく使う、単価は少し張るがワンタッチで着脱、再使用できるベータピンに換えられている。各部のガタつきやチェーンの弛《たる》み具合を見るに、割と丁寧な仕事でしっかり整備されているが、チューブバルブの錆《さ》びつきを見る限り、安価な輸入チューブを使っているらしい。今はメーカー純正チューブも海外生産品になっているが、並行輸入の通販物は時々ロット単位で粗悪なクオリティの外れ品を引くことがある。

小熊は立ち上がり、両手をメガホン代わりに電車に乗ろうとする少年に叫んだ。

「このカブ！　パンクしてるよー！」

少年が「え？」という表情を浮かべた途端ドアが閉まり、電車は走り去っていった。

バイク便ライダーとしての仕事を終え、同じカブ乗りに対しても多分に自己満足的な義務を果たした小熊は、国立府中の本社に帰るべくハンターカブを始動させた。

カブのことだけを考え、カブのためだけに生き、整備を頑張っているがちょっとツメの甘い少年。

小熊はもっとカブ以外のことに目を向けたほうがいい、カブに乗る自分の体に気を付けたほうがいい、あと、あのエンジンを載せるならステムとシート下の間に強化フレームを溶接したほうがいい、など、助言の二つ三つしたくもなったが、おそらくは余計なお世話だろう。

彼の愛情が詰まったカブを見ているだけでわかる。このカブに乗り続けている限り、小熊や彼の周りのつまらない人間がお節介を焼かずとも、きっと生きていくために必要なことはカブが教えてくれる。

小熊はカブに乗ることで今の生活をより良くする方法を知った。礼子はカブに乗ることで自分が望んだ姿で居る方法を得た。椎は目的のためにカブがあること、自分の本当にやりたい事を見失わない大切さを学んだ。

きっとそのうち、このアニメキャラで一杯のカブが、少年に説教の一つもしてくれるだろう。このままじゃいけない。もっと自分を大事にしろとでも言うんだろうか。

これでいい、かもしれない。シスターの桜井がいつか言っていた。神はあなたがあなたらしく生きることしか望んでいない、と。

それが彼の選んだ彼の人生、他の誰にも、カブにさえも触れさせない。

彼だけの宝石。

(34) 魔法の風

いつもより三十分ほど寝坊した朝を迎えた。

NHK-FMでツェルニーの練習曲を聞きながら、朝陽《あさひ》の差すバスルームでシャワーを浴び、着古したデニム上下を身に着けてご飯、イワシの丸干し、納豆、イリコの出汁《だし》にジャガイモとニンジン、半熟卵の味噌汁《みそしる》、小松菜の胡麻和《ごまあ》え、丸ごとのリンゴの朝食をバーカウンターに並べる。

時間をかけて作った朝食をゆっくりと済ませた小熊は、歯を磨き皿や茶碗《ちゃわん》を洗った後、気休め程度の防犯効果を期待してラジオを付けっぱなしにしたまま、スイングトップの上着を羽織って、ヘルメットとグローブ、ウエストポーチを手に木造平屋の自宅を出る。

重厚なドアの二重鍵を施錠し、防犯フィルムを貼った窓に付けられた自作の追加ロックを確認した後、庭に置かれたカエル色のISO規格コンテナのロックを解除して、扉を開け放つ。

暗いコンテナの中で、小熊のカブが憩っていた。太陽を反射して輝くメッキパーツに、小熊は少し見とれた。

これから至福の時間が始まる。

地面の湿気を避けるため嵩上《かさ》げされたコンテナから、自分で作ったスロープを使ってカブを地面に下ろす。以前は微妙な段差でバイクを登り降りさせるのに少し力が必要だったが、一度作り直してからは、片手で簡単にカブを出し入れ出来るようになった。もちろんそれが目的だが、わざわざ測量と水平出しを丁寧にやり直し、素材を吟味して作る工程そのものが楽しかった。

コンテナの扉を閉じてロックし、建築用木材の中では最も堅牢《けんろう》で耐久性が高く、線路の枕木によく使われていた栗《くり》材のスロープを爪先で軽く蹴った小熊は、カブのエンジンをキック始動させる。

仕事で乗っているハンターカブのセルで始動するエンジンは便利だが、やっぱりプライベートで乗るなら、ピストンの上下とクランクの回転、その異変を足で直接感じることの出来るキック始動のほうがいい。無論、キックする自分自身の体調異常もすぐにわかる。

灯火やワイヤー類の作動と、エンジンを吹かした時の動的バランスを点検した小熊は、財布やスマホの入ったウエストポーチを体に通し、たすき掛けした後、グローブを嵌《は》めてヘルメットを被《かぶ》った。カブに跨《また》がって体の中心から聞こえて来るカブと自分の鼓動に耳を澄ませた後、スタンドを上げて走り出した。

自宅敷地から道路に出た小熊は、大学や職場とは反対の方向へとカブを進めた。

今日は仕事が無い。

大学の講義も無い、ことにしている。

済ませるべき用も無く、行き先も特に決めていない。

今日は好きなとこに行く。

そうしたかったから、そうしている。

小熊の体を、初めてカブに乗った時と何ら変わらぬ風が駆け抜けた。

小熊にどこまでも望んだ場所に行ける自由を約束し、それに伴う責任を忘れさせない、魔法の風。

大学に通いつつ、バイク便の仕事を積極的にこなす日々を過ごしていた小熊が貸与されたタブレットに、ある日社長からのメッセージが入った。

「明日は来なくても構いません」

入社して早々にクビかと思い、小熊は理由を頭の中で探った。バイク便仲間とガレージ内でジョジョのギャングダンスをしてる姿を配信したのがバレたか、仕事用のハンターカブのスピードリミッターをカットして高回転対応のプラグに交換したのがバレたのか。あるいは客先の子供がハンターカブにあまりにも興味を持つので、庭で子供を後ろに乗せて二連続ジャンプとアクセルターンを体験させ、その場で子供の母親に将来この子たちが免許を取ったら新車のカブを買い与えると約束させたのがバレたのかもしれない。子供の父親は手を叩《たた》いて大喜びしていたが。

どちらにせよ問い詰められたら潔く腹を切ろうと思って社長室に出頭したところ、葦裳社長は意外な事を言った。

「規則です」

社長の話では、P.A.S.S社に所属する職員は、社長自身が決めた規定で、一定以上の勤務数を超過したら休暇を取ることが定められていて、小熊は大学生との兼業ながらその勤務枠をそろそろ使い切ってしまうらしい。そういえば先日会った痛カブのハンドキャリー少年も言っていた。ここは勤務時間の制限が厳しく、一応他社と掛け持ちもしているが、よそはここより取ってくる仕事の質や量、効率的な割り振りがヘタクソなとこばかりで大変だと。

それはそうだとして、なんで明日なのかと葦裳に聞いてみたところ、相変わらず一切の無駄や諧謔《かいぎゃく》の無い言葉で返答した。

「明日は日曜日です」

言われるまで忘れていた。

日曜日の過ごし方を忘れたら、いずれ人にとって大切な事まで忘れてしまう。社長が小熊にその事を教えたかったのか、案外考えすぎで、単に日曜は仕事が減るからかもしれない。

日曜だというのに大学では講義が行われていて、単位に何の関係も無い就職活動についてのセミナーだったので、小熊は迷わず自主休講を決め、休日を過ごすこととなった。

大学や職場のある東京市部の商業、住宅地域とは反対、武蔵野《むさしの》のもう一つの顔、山岳地帯に向けてカブを走らせる。

周囲の緑が濃くなっていき、標高が上がるに従って、灰色の街が遠くなる。仕事や学業に勤《いそ》しんでいる時は、時折あの灰色の中から遠くに青く霞《かす》む山々を眺めながら、今すぐあの山まで走りに行きたいと思っていた。

今はあの時眺めていた青い霞《かすみ》の中に居る。実際に行ってみるとその場所は、初夏の濃厚な緑に包まれていた。遠くに見える灰色の街が、実際はカラフルで刺激的だったように。

小熊は山の中を縫って進む幹線道路を走っていた。道は意外な場所に繋《つな》がっていて、いい近道や渋滞回避の抜け道になりそうな道路もあったり、新鮮な発見の連続だった。これから仕事で走る可能性のある武蔵野の道にもう少し詳しくなろうかと思ったが、それでは休日の意味は無い。幹線道路を外れ、細い間道に入る。

道はどこにも繋がっていない行き止まりになっていたり、個人宅に行くための半ば私道のような道だったり、変化に富んでいて、いくら走っても走り足りなかった。これから自分が生きていく東京の地。自分の体にも等しい場所の血管やシナプスが繋がっていく感触。山の中で突然大規模な分譲住宅地や、幾つかの家が身を寄せ合う集落を見かけた時の、もしも自分がここで生まれ育っていたら、という空想など、バイク徘徊《はいかい》の妙味をあれこれと楽しんでいるうちに、いつのまにか時間が過ぎていた。


空腹を覚えたので、山道の途中にある古びた中華料理屋に入る。

トリガラのスープに海苔《のり》と卵とナルト、メンマのシンプルな醬油《しょうゆ》ラーメンとカマボコの炒飯《チャーハン》を食べていると、地元の女子高生らしきジャージ姿の女の子が数人入ってくる。カブで店の周辺を走っていた時に見た限り、木造の高校を中心としたこの集落で唯一の飲食店。これから遊びに行くのか、どこかに遊びに行った後か。

女子高生たちはメニューに無いお好み焼きを注文している。焼きそばと目玉焼きを挟んだ、広島焼きと大阪のモダン焼きを関東風にアレンジした感じのお好み焼きを食べながら、女の子たちは東京二十三区にあるという、ラーメンの有名店にいつか行きたいと話している。

小熊は彼女たちの話を盗み聞きしながら、カブがあれば学校帰りのちょっとした寄り道で行けるよ、と思った。高校を卒業してまだ数ヶ月なのに、雛鳥《ひなどり》を見つめる気分になっている自分に苦笑した。

それにこの子たちは、本当に食べたい物があれば自転車を漕《こ》いでどこにでも行くだろう。事実、今も都心にある高校の男子と付き合ってる女子が、秋に文化祭があるから皆で押しかけようと話している。

小熊はラーメンと炒飯を食べ終えて席を立った。女子高生たちが食べていたお好み焼きを追加注文しようと思ったが、それは次に来た時でいいだろうと思った。腹は充分満足していたし、女子高生の会話を聞いていると、胃袋以外の物が満たされてやや胸やけしそうになる。

意外なことにクレジットカードに対応していたので、カードで会計を済ませて店を出た。背後から女子高生の「あの人バイクで来たのかな?」「カッコよくね?」という声が聞こえてきた。

小熊は下半分がすりガラスになった店の引き戸越しに視線を感じながらカブのエンジンをキック始動させ、ヘルメットとグローブを着けた。それから小さく呟《つぶや》く。

「あんたらのほうがカッコいいよ」

小熊のカブの横には、親からのお下がりであろう数台のママチャリが駐《と》められていた。小熊が色々と迷い、悩んだ結果、やっとたどり着いた生活。仕事に励み、学業にも気が向いたら勤しみ、余暇を楽しむ。

まだ自分の未来を探している真っ最中の女の子たちが乗る、古びていてあまり手入れも良くない自転車は、小熊のカブを照らすように輝いていた。

午後も日暮れ近くまで走り回り、夕食は帰路の手作りパン屋で買った分厚いローストビーフのサンドイッチとシュリンプサラダ、コーヒーで済ませた小熊は、温かい風呂に浸《つ》かった。

やっぱりカブは特別だと思った。十年以上前に製造されたカブ90は、仕事用に使っている最新のハンターカブ125に比べ、機械としてラフで気難しいところが多かったが、それはカブの魅力を損なうものではない。アクセル操作に対するレスポンスの鋭さは、環境対策が施された今のカブを上回っているし、もし出先で何かあっても、大概の事なら自分で何とか出来るという安心感がある。

今でも仕事用のバイクとしては多くが現役の旧型スーパーカブは、どんな田舎の山村や漁港に行っても、地元の新聞屋や蕎麦屋《そばや》の面倒を見ている自転車屋に行けばほとんどの消耗部品が手に入るし、小熊自身で吟味した車載工具は、部品さえあれば道端や軒先での修理を可能としてくれる。もちろん、カブに乗り始めてから今まで、整備や修理を習い覚えたこの両手もある。修理不可の事故を起こしたり、引き上げ困難な谷底にカブを落としたとしても、廃車手続きに必要なナンバーだけ回収し、車体は現地で処分すればいい。新しいカブに買い替えるくらいの稼ぎもある。

高三の冬、大学に入学してからもカブに乗り続ける生活を望み、バイク禁止の学生寮への入寮を蹴って自らの力で住居を見つける事を選んだ時、小熊がカブに固執する理由を理解できない教師に、大切なのは、金を払えば買えるカブではなく、カブに乗る自分自身だと大見得《おおみえ》を切ったが、最近になってようやくその言葉に行動が伴うようになってきた。

風呂に浸かりながら感じる、仕事の疲労とは異なる休暇を満喫した心地よい満足感。こんな気持ちを味わえるなら、また次の休日を楽しみにしながら平日を過ごせるだろう。

小熊は湯船の中で、まだ体の中を吹いている風の余韻を感じながら一人呟《つぶや》いた。

「明日から、また頑張ろう」

小熊は風呂の窓から外を眺めた。空には満月が浮かんでいた。

自ら光を発しない月の、太陽の光に頼った輝きは、自転と公転の中でやがて欠けて消えていくが、自分の力で世界を回し、自ら輝いている限り光は欠けることなく、闇夜も来ない。

小熊の暮らしは満ちつつあった。

(35) パーティー

いつか自分の葬式が行われるとすれば、それはこんな風景になるんだろうか。

相変わらず急送会社P.A.S.Sでバイク便ライダーの仕事に励み、時間の流れの速い日々を過ごしていた小熊は、帰路で竹千代から連絡を受けた。

「本日の夕刻、小熊君の家に行ってもいいだろうか？　君に是非渡したいものがあるのだが」

その日の小熊は仕事で少々体力を消費していた。内容はある市民体育館で行われるバレーボールの試合会場で急にボールが足りなくなったので、そこらのスポーツ用品店では売っていない競技規格のボールを届けて欲しいというもの。

会場が荷受け先の手作りボール工房の隣市だったため、電車輸送のハンドキャリーは使わずカブで直接届けたが、チーム内に急遽《きゅうきょ》欠員が出たらしく、カブが新製品として発売された頃からバレーをやっていたらしきお嬢様方によって競技に引っ張り出され、ウェアを着てバレー大会に出場することになった。

正直なところ、こちらのチームも相手方も歩行や会話すらままならぬ様だったため、半ば介護と事故防止のケアのため参加したと思っていた小熊は、ホイッスルが鳴った途端、老婆達のプレイに圧倒された。


声で指示せずとも気心知れた関係の女子たちが、鋭い掛け声だけで意思伝達しながら行う連携プレイに、セッターの小熊はついていくのがやっとだった。

このお婆《ばあ》さん達の世代は、娯楽といえばひたすらお喋《しゃべ》りをすることしか無かったらしい。今はこのお婆ちゃん達も親しんでいるスマホやネットなど無かった頃、目の前の相手と顔を突き合わせ、飽きもせず喋り続ける女学生たちの、人間に存在しないと言われてる能力があるのではないかというほどの以心伝心に、人と話すことが正直嫌いな小熊が敵《かな》うわけなどない。

次はビーチバレー大会をやるので是非参加して欲しいという求めを丁重に断り、撮影フリーのきわどい水着姿を見てくれない事をしきりに残念がっていた、永遠の青春を生きる女学生たちを背に会場から退散した小熊は、いささか気疲れしていた。

竹千代には今から帰って客を迎える準備をするのは面倒臭いので、合い鍵の場所を教えて勝手にやってて欲しいと伝える。

一度でも鍵に触れさせれば、スプーンの柄と爪やすりで合い鍵より高精度な複製品を作るような女だが、元より世の中には鍵なんて物が意味を成さない類の人間が居る。

小熊の家にある今の玄関ドアは一度取り換えられていて、前のドアは小熊が部屋の中で急病を起こし、倒れたことに気づいた竹千代が一発で蹴り破った。

竹千代は耳につく忍び笑いを浮かべながら「お帰りをお待ちしているよ」と言って電話を切る。


先々月小熊の家に来たばかりの竹千代が、またしても来たがる理由はわかっていた。今日は六月五日、日付が変われば翌六日に小熊は誕生日を迎える。一九五〇年代に本田宗一郎氏が戦後復興期の新参メーカーとしては無謀とも言える二輪世界GPレースへの参加を宣言し、後にマン島で行われた選手権への参戦を達成した記念日だと礼子に教えて貰った記憶がある。

誕生日だからといって小熊としては、冥途の旅の一里塚をいちいち祝う気など無いし、どうせ竹千代は誕生日にかこつけて小熊の家のホームバーで一杯飲みたいだけだろう。早く帰らなければ自慢のブッシュミルズのボトルを飲み干されてしまうと思いながら帰宅したところ、小熊は自分が予想していなかった物を見る事となった。

　平屋とコンテナと広い敷地があって、両隣には誰も手入れしに来ない畑と誰も遊びに来ない公園があるだけの小熊の自宅に、祭りか何かのように人が集まっていた。


　小熊のガレージにある作業灯と、買った覚えの無いガスランタンで照らされた、庭ともいえない砂利敷きのスペースに、キャンプテーブルと椅子が並べられ、家の中には到底入り切らない数の人達が、小熊の到着に歓声を上げる。

　顔ぶれはみんな小熊の知っている人間だった。椎とそのフットサル仲間、椎の父母と祖父、中古バイク屋のシノさん、富士登山で世話になった山小屋主人とバイク雑誌編集者。骨折入院した時の同室者たち、浮谷社長とバイク便仲間。相変わらず作業服姿ではルーカス映画に出て来るアンドロイドの賞金稼ぎにしか見えないが、ラフなスーツを着ると肉体派のハリウッド俳優のような解体屋店長の藍地《あいじ》氏と、マルーンの女、黒姫の分校教師生沢、甲府の女教師と医療検査会社の社長、慧海《えみ》の姿を見た小熊は思わず駆け寄ろうとしたが、史《ふみ》とあまりにも睦《むつ》まじい姿に足踏みする。史の父も居た。横に置いている大きなトロンボーン・ケースを見ただけでここで何をやらかそうとしているのかは明白だが、苦情の来るような人家は近くに無い。平屋の背後に広がる墓場から野次《やじ》の一つも飛ぶかもしれない。

卒業後疎遠だった担任教師と籍だけ置いていた部活顧問も居る。フルーツパーラーの風戸とパヴァロッティ似のパティシエの横にP.A.S.Sの面々も居た。仕事であれプライベートであれ酒席には一度も出たことが無いと聞いた葦裳社長と、レシーバー越しには何度も声を聞いたが、顔を見たことは一度も無いオペレーターは、仕事中の快活でハイテンションな声が嘘《うそ》のような、地味で幸薄そうな見た目の眼鏡女子。

小熊がカブに乗ることで得た人間関係。自分の力で手に入れたというのは自惚《うぬぼ》れ過ぎだろうかと思ったが、誕生日くらいいいだろう。

目に見えぬ親交の目に見える成果としては、置かれたテーブルの一つに積み上げられたプレゼントらしき箱の山。

人生の円熟を迎え、仕事や家族に恵まれた人たち。時に友人の節目となる誕生日を祝いに行く余裕のある人たち。そんな日常の中に自分が居る、少なくとも居られればいいなと小熊は思った。

彼らの中には、小熊を自らの孤独や劣等を埋め合わせる保護対象として見ているような、小熊が唾棄する類の人間は居ない。親を失い、人より早く大人になる必要に迫られた小熊が得た、同格の友人たち。

小熊もこの中の何人かの誕生日や記念日を祝いに行ったことはあって、特に誕生日近くなるとこれみよがしにほしい物リストを公開している人に、小熊のコネの範囲で入手したプレゼントを送ったこともある。小熊はこんな関係が続けばいいと思った。これから仕事と学業に励み、生き甲斐《いがい》になるような職に就いて社会に貢献し、家庭を築いて子孫を残す。その道から外れさえしなければ、きっとそうなるだろう。


とりあえず小熊は、この集まりを企図した張本人であろう竹千代の顔を睨《にら》みつける。自分に何かサプライズな贈り物があると匂わせたくせに、よくもここまで口先だけで懐の痛まないバースデイプレゼントを集めた物だと。

竹千代の話を鵜呑《うの》みにするならば、大した事はしなかったという。共通の知人が多そうな人のうちの何人かに、小熊のささやかな誕生会を催したいと伝えたところ、勝手に拡散してくれたという。そのうちの何人かは既に誕生日を祝う準備を進めていて、小熊だけでなく他の友人、知人の時もよくそうしているらしい。

テーブルの上には酒とソフトドリンクが並べられ、各テーブルの脇では大概の家で埃《ほこり》を被《かぶ》っているのを見かけるバーベキューグリルで肉が焼かれている。小熊も皆の人となりは知っている。こういう催しがあると大喜びで自慢の食材やアウトドアギアを持ち寄ってくる人ばかり。あのダッチオーブンと呼ばれる鋳物の直火《じかび》オーブンで焼かれた馬鹿でかいローストビーフは、ブリティッシュライフスタイルを貫いている生沢が持ってきた物に間違いないだろう。テーブルの上にもそれらしきハイランド・スコッチのボトルがあり、その中心に小熊を引き寄せる誘蛾灯《ゆうがとう》のように、日本では手に入らないマーフィーズ・アイリッシュ・ウイスキーが鎮座している。

礼子が居なかった。既に日本に帰って来ていることは、小熊が義理でフォローしていたTwitterの、身内以外誰もいいねやリツイートしていないツイートで知っていた。

バイク女子はツイッターで人気があるそうで、礼子もそれに期待していたらしいが、それは可愛《かわい》らしいバイク初心者女子だけの話で、男が気持ちよくマウントできず自分の劣等感ばかり刺激されそうな「女」は対象外らしい。礼子と相互フォローしている富裕な女性バイクレーサーも同じ状態で、おじさんがバイクの事を教えてあげるという余計なお世話でしかないリプライは来ないし、会って奢《おご》ってあげるという異常者も来ない。おまけにバイクの小説を書いているキモいラノベ作家も来ない。

小熊が今日の出来事をツイートしたところすぐに礼子から返信があり、今日はお父さんと一緒にスタミナ丼大盛を食べに行くという。小熊も何度か賞味した東京都下の美味、通称すた丼を前にして、〝たかが〟友人の誕生日の事などタクアン一枚ほどの価値すら認めないのは礼子らしい。高校の時と変わらない、自らの価値観を何一つ変えない礼子の姿。

ここはひとつ邪魔でもしてやろうと思い、パーティー会場を見回した小熊は、炭火のグリルに載せられた鉄板の上で米軍の基地祭のように分厚い肉が何枚も焼かれている画像を送ったところ、礼子はすぐ行くとLINEを送ってきた。

タクアンでは動かない礼子も、日本では肉の裁断方法の関係でなかなか食べられないTボーンステーキでは動く。高校で二年も時間を共にしていればそれくらいの事はわかる。正直すた丼を出してきた時は強敵だと思ったが、礼子にとって今夜はすた丼ではなく、ヒレとロースが同時に食べられるステーキの日だったんだろう。

木造平屋のドアが開き、まるでアニメのヒロインがそのまま現実世界に現れたような、何とも可愛らしい女の子が、キッチンで作ってきたらしき料理の盆を持って出て来た。よく見たらカフェテリア学食の無愛想なウェイトレスだった。仕事中よりおめかしした赤毛の少女は小熊を顔を見てプイっと横を向くが、そんな仕草も昼間より愛嬌《あいきょう》がある。

（36）さよなら

小熊も空いてる席に座り、肉やグリルで焼かれた野菜を食べ、炭酸水を飲み始める。高《た》価《か》い肉が概《おおむ》ね無くなった頃、礼子のカブの爆音が聞こえてきた。相変わらず大事なところで間が悪い。

礼子があまりにも落胆した表情をしているので、小熊が鉄板に残った肉の脂で、ニラ入りのガーリックライスを作ってあげた。奇跡的に残っていたマルシンの冷凍ハンバーグを一緒に焼いて添える。

焦げた肉汁の香るガーリックライスとマルシンハンバーグは、礼子の期待外れながらまんざらでは無かったらしく、大皿一杯平らげて現金にもさっさと帰っていった。

これからお父さんに寿司《すし》を奢《おご》らせるらしい。小熊が礼子の帰省に付き合った折に会った時はハワイの水泳王者にして伝説的なサーファー、デューク・カハナモクを思わせる肉体美の好男子だった礼子の父との時間と、バックパッカーである父の世界旅行の話、主に自慢と誇張だらけのInstagramの裏に隠された真実は、今の礼子にとって小熊より魅力的らしい。

礼子は会場を出る間際、思い出したように灰色の腕輪を置いて行った。どうやって通関したのか象の尻尾で作った幸運のブレスレットらしい。正直いらねぇ！　と思ったが、とりあえずタダなので、銅のように硬い腕輪の長さを調整し、腕に嵌《は》めてみた。似合わない。でも、もしかして自分が大学生ではなく、もっと危ない仕事をすることになったなら、この腕輪の幸運が必要になるかもしれない。

酒と肉の消費量という意味では盛大なパーティーが終わり、皆が運転を代行業者に任せたり、徒歩でもそう遠くない南大沢駅前のホテルに向かった後、小熊と竹千代は自宅バーに並んで座っていた。

春目はシュラフに包《くる》まって床で寝ている。寝室の温かい布団で眠るより、極限の環境でやっとありついた眠りを貪っている時に近い状態のほうが安眠できるのかもしれない。今夜の夢見は悪くないらしく、さっきの肉を反芻《はんすう》するように口をもぐもぐさせ、だらしない寝顔を見せていた。

不幸の汚泥で固めたような高校時代を過ごしてきた春目も、今夜小熊と縁ある人達と話したのはいい経験だったらしい。小熊の知った面々の中には、それくらいの不遇などスナック感覚で味わってきた人間が少なからず居て、少なくとも趣味に入れ込みすぎて飢えて死にそうな思いをさせられた経験の無い人間は居ない。

竹千代は立ち上がり、洗面所の氷で冷やしていたテタンジェ・ブラン・ド・ブランのボトルを差し出した。

「日本の法律では、その実地運用に於《お》いて、未成年が成人の監督下で、社会学習の範囲で飲酒することは慣習的に処罰の対象外だ、どうかな？」

大学関係者から法学の教授の知っている事は既に全て知っていると言われた経営学専攻の竹千代が差し出す、一本二万は下らないシャルドネの最高級銘柄を小熊は手で押し戻した。

「法律なんて関係無い。特に恣意で幾らでも忖度《そんたく》し誰でも捕まえられる類の法は。私はカブでブっ飛ばしたい夜に酒は飲まない」

小熊はテタンジェと共に冷やしていたスパークリング・ミネラルウォーターのボトルを手に取り、自分でグラスに注ぐ。横で酔っぱらわれても困るので竹千代のグラスにも炭酸水を注ぎ、先ほどまでの客が飲みかけで置いて行ったブッカーズのバーボンを、匂い付け程度に注ぐ。それらの置き土産で、ブッシュミルズとグラッパしか無かったバーの酒棚が、一気に賑《にぎ》やかになった。

薄いハイボールをやや物足りなそうに飲んでいた竹千代は、並ぶ色とりどりの酒瓶越しに見えるキッチンの灯《あか》りを眺めながら言った。

「そういえば小熊くんは、何歳になるのかな？」

自分もこの炭酸水に何かちょっと垂らすかと思っていた小熊は、特に意識することなく答える。

竹千代は知らない事を人に聞くということをしない。自分で口に出して自ら確認させるための問いだろう。

「十九歳」

それまで何の感慨も抱いていなかった言葉が、小熊の胸に刺さってきた。世間では大人と子供の境目が、十八歳とか二十歳、あるいは童貞の三十歳などと決められているが、小熊は今、自分が大人になった気がした。

無論それで今までカブで過ごした時間、カブでやってきた事を終わらせる気など全く無い。次は作業を効率的に行うサンドブラスト設備と油圧プレスを導入しようと思っているし、プラズマ溶接の機材やフライス盤も欲しい。とりあえず今は懐に余裕が出来たので、上野のバイクショップで見かけた排気ガス規制前のC50カブの掘り出し物を、カスタムベースとして押さえておこうと思っている。コンテナの壁も塗り替えたい。

学びと成長の時期が終わりを迎え、ずっと望んでいた人並みの生活を手に入れ、これからは社会の中で責任を有した一人の人間としての時間が始まる。

竹千代は小熊が「大人」を自分の中に受け入れ、飲みこむ好機を見逃さず、グラスを持ち上げた。

「乾杯だ」

小熊はもう半分ほど飲んだ炭酸水のグラスを指でいじくりながら答える。

「何にだ？　何一つ目出度《めでた》い事なんて無い」

竹千代はたった今小熊が自覚した事を見透かしたように言う。

「じゃあ、さよならだ」

竹千代の声を聞いた小熊の目から涙が一筋落ちる。もう一筋、やがて涙は止まらなくなった。

「どうやら本当に、昔の自分とは今日でサヨナラみたいだ、残念なことに。乾杯」

小熊は竹千代と軽くグラスを当て、残っていた炭酸水を飲み干した。

鳩時計《はとどけい》のような気の利いた物の無いバーで、竹千代のスマホが午前零時を告げた。

小熊は涙を流したままテタンジェのボトルに手を伸ばしそうになったが、手に持った丈の高いグラスをしばらく眺め、そのまま窓の外に投げ捨てた。

薄く繊細で壊れやすいグラスが、遠くで音を立てて割れる音がした。

カブと過ごした小熊の、一億分の一の青春が終わる音がした。


小熊の人生が、これから始まる。

37 スーパーカブ

小熊は自宅近隣の山道をスーパーカブで走っていた。

家も疎《まば》らな田舎道の途中で、建物の並びに出くわす。町田市小野路町。かつては宿場町だったらしい。

観光、学術研究用に宿場の風情を残した建物が並んでいる一帯をカブで通過した小熊は、その終わり、逆方向から来れば宿場の入り口となる重厚な木造建築の前でカブを停《と》めた。

この宿場町の資料を収蔵したビジターセンターだという建物でカブを降りた小熊は、自分の足で街道の宿場を歩いてみた。

足裏から伝わる感触と刺激、自分が地に足をつけ前進しているという感覚を味わっていると、移動という行為の持つ意味が、人間にとって自由そのものであることを感じさせてくれる。

かつての日本では移動を制限され、自分の居場所ややることが決定されていた。小熊もカブが無かった頃にはそうだったかもしれない。

生活に必要な物や娯楽が手に入る街、望む物が大きくなければ、それを与えられる世界。それを良しとせず、人とは違う自分の望みを叶《かな》えるならば、徒歩では遠すぎる距離を越えなくてはならず、電車やバスで無力な高校生にとって痛手すぎる代償を支払わされる。

小熊はカブで変わった。自分の欲しい物を手に入れ、望む場所に行く、自由を手に入れることが出来た。それは自由の獲得手段がカブではなくなっても変わらない。

何に乗ってどこに行こうが自由。そこには相応の覚悟が求められ、時に嵐の海に漕《こ》ぎ出す事もあるが、その力と意志を、カブに乗っていた数年間に与えられた。

どこまでも行こう。自分が自分であるために。

終

あとがき

本作をお買い上げ頂き誠にありがとうございます。

小熊《こぐま》という少女のお話は、とりあえずこれで一区切りですが、僕はふと考えました。

これから小熊はどうなるのか。

少女の時期を終え、一人の大人として歩き出した小熊は、これからどんな人生を選ぶのか。

真っ先に却下したのは、これからスーパーカブの専門家になり、バイクを仕事にすること。

僕が小熊というちっぽけで無力な、ないないの女の子がカブによって人生を自分の力で切り拓《ひら》いていく強さを得ていく話を書いたのは、小熊を大人になってもカブに育てられ、カブの母胎内から出られないまま死んでいく、そんな人間にするためではありません。

そういう人生を否定はしませんが、小熊は一巻から最新刊に至るまで、それとは異なる方向で育ててきました。

きっと彼女はこれから、自分の本当にやりたい事を見つけ、選び出すでしょう。今はあまり身の入らぬ学業に情熱を注ぐのかもしれません、心から愛する人に出会い、その人と築いた家庭を守ることを選ぶのかもしれません。あるいは、特に大それた夢は持たず平凡な会社員になるかもしれません。

今、小熊の目の前には無限の未来が広がっています。彼女にこの風景を見せるため、僕は小説スーパーカブを書きました。

最後に本作品の出版にあたりご協力頂いたスニーカー文庫編集部のKさん、アニメ化、イラスト集発売で多忙な中、最終巻ということで並々ならぬ熱意で美麗なイラストを描いて頂いた博《ひろ》さん。アニメ終了後の世界を目に見える形にしてくれたコミカライズ担当の蟹《かに》丹《たん》さん、僕の描いた世界とは別視点の礼子《れいこ》の物語を創り出してくれたスピンオフコミックのさいとーさん、メーカーの人間として、バイクを愛する者として拙作の面倒を見て頂いた本田技研工業監修チームの皆さん、映像化という夢のようなお話を叶《かな》えてくれたアニメスタッフの皆さんに心からの感謝を述べさせて頂きます。

もし発表の機会があれば、次は小熊の十九歳の夏を書かせて貰《もら》いたいと思います。

トネ・コーケン

スーパーカブ
完走おめでとうございます!!
コミカライズ版も
走り抜けます!

スーパーカブ8

著　トネ・コーケン

角川スニーカー文庫　23073

2022年4月1日　初版発行

発行者　青柳昌行

発　行　株式会社KADOKAWA
〒102-8177 東京都千代田区富士見2-13-3
電話　0570-002-301（ナビダイヤル）

印刷所　株式会社暁印刷
製本所　本間製本株式会社

Printed in Japan　ISBN 978-4-04-112036-1　C0193

★ご意見、ご感想をお送りください★

〒102-8177 東京都千代田区富士見2-13-3
株式会社KADOKAWA　角川スニーカー文庫編集部気付
「トネ・コーケン」先生
「博」先生

角川文庫発刊に際して

角　川　源　義

第二次世界大戦の敗北は、軍事力の敗北であった以上に、私たちの若い文化力の敗退であった。私たちの文化が戦争に対して如何に無力であり、単なるあだ花に過ぎなかったかを、私たちは身を以て体験し痛感した。西洋近代文化の摂取にとって、明治以後八十年の歳月は決して短かすぎたとは言えない。にもかかわらず、近代文化の伝統を確立し、自由な批判と柔軟な良識に富む文化層として自らを形成することに私たちは失敗して来た。そしてこれは、各層への文化の普及滲透を任務とする出版人の責任でもあった。

一九四五年以来、私たちは再び振出しに戻り、第一歩から踏み出すことを余儀なくされた。これは大きな不幸ではあるが、反面、これまでの混沌・未熟・歪曲の中にあった我が国の文化に秩序と確たる基礎を齎らすためには絶好の機会でもある。角川書店は、このような祖国の文化的危機にあたり、微力をも顧みず再建の礎石たるべき抱負と決意とをもって出発したが、ここに創立以来の念願を果すべく角川文庫を発刊する。これまで刊行されたあらゆる全集叢書文庫類の長所と短所とを検討し、古今東西の不朽の典籍を、良心的編集のもとに、廉価に、そして書架にふさわしい美本として、多くのひとびとに提供しようとする。しかし私たちは徒らに百科全書的な知識のジレッタントを作ることを目的とせず、あくまで祖国の文化に秩序と再建への道を示し、この文庫を角川書店の栄ある事業として、今後永久に継続発展せしめ、学芸と教養との殿堂として大成せんことを期したい。多くの読書子の愛情ある忠言と支持とによって、この希望と抱負とを完遂せしめられんことを願う。

一九四九年五月三日